MÉLODIE POUR UN TUEUR

Du même auteur :

Les Fous de Guernesey ou les Amateurs de littérature, Robert Laffont, 1991.

L'Ami du genre humain, Robert Laffont, 1993.

L'Odyssée d'Abounaparti, Robert Laffont, 1994.

Mademoiselle Chon du Barry, Robert Laffont, 1996.

Les Princesses vagabondes, Lattès, 1998.

La Jeune Fille et le Philosophe, Fayard, 2000.

Un beau captif, Fayard, 2001.

La Pension Belhomme : une prison de luxe sous la Terreur, Fayard, 2002.

Douze tyrans minuscules : les policiers de Paris sous la Terreur, Fayard, 2003.

L'Orphelin de la Bastille, t. 1 à 5, Milan, 2002-2006.

Les Nouvelles Enquêtes du juge Ti, t. 1 à 20, Fayard, Points Seuil, 2004-2014.

La baronne meurt à cinq heures, Lattès, 2011, Labyrinthes, 2012.

Meurtre dans le boudoir, Lattès, 2012, Masque poche, 2013.

Le diable s'habille en Voltaire, Lattès, 2013, Masque poche, 2014.

Crimes et condiments, Lattès, 2014, Masque poche, 2015.

Élémentaire, mon cher Voltaire !, Lattès, 2015, Masque poche, 2016.

Docteur Voltaire et Mister Hyde, Lattès, 2016, Masque poche, 2017.

Ne tirez pas sur le philosophe !, Lattès, 2017.

Un carrosse nommé désir, Lattes, 2018.

Le Retour d'Arsène Lupin, Le Masque, 2018.

Le Noël d'Arsène Lupin, Le Masque, 2019.

Au service secret de Marie-Antoinette, 4 tomes, La martinière.

www.editions-jclattes.fr

Frédéric Lenormand

VOLTAIRE MÈNE L'ENQUÊTE

MÉLODIE POUR UN TUEUR

Roman

JC Lattès

Maquette de couverture : Le Petit Atelier
Photo : *Concert espagnol*, de Elisabeth Vigée Lebrum, D.R.

ISBN : 978-2-7096-6624-4

Première édition novembre 2020.

Le mensonge n'est un vice que quand
il fait du mal ; c'est une très grande
vertu quand il fait du bien. Soyez
donc plus vertueux que jamais ! Il faut
mentir comme un diable, non pas
timidement, non pas pour un temps,
mais hardiment et toujours !

Voltaire, *Correspondance*, 1736

PERSONNAGES HISTORIQUES, RÉELS, VÉRIDIQUES ET AYANT EXISTÉ

VOLTAIRE, librettiste d'opéra
ÉMILIE DU CHÂTELET, physicienne
JEAN-JACQUES ROUSSEAU, jeune compositeur
JEAN-PHILIPPE RAMEAU, grand compositeur
PIERRE DE JÉLYOTTE, ténor et haute-contre
MARIE FEL, soprano
JEAN-FRANÇOIS BERGER, directeur de l'Académie royale de musique
JEANNE-ANTOINETTE LENORMANT D'ÉTIOLES, marquise de Pompadour
CHARLES LENORMANT DE TOURNEHEM, parrain de la marquise

PERSONNAGES INVENTÉS

AMABLE GRAFOUILLIÈRE, acteur
GRIGNION BELAMI, imprésario
JOSEPH RENONPIN, secrétaire de Belami
HÉLOÏSE MONTRETOUT, claveciniste
ESPÉRANCE BÉRANGER, assistante du directeur Berger
PICCOLINO PICCOLINI, castrat italien
M. ET MME VENTAJOUR, artisans chausseurs
ÉVRARD CORDEBŒUF, professeur de musique
HÉGÉSIPPE TAMAILLON, inspecteur de police

PROLOGUE

Mme de Pompadour était contrariée. Vêtue d'une robe à motifs de roses pompons qui mettait en valeur la fraîcheur de son teint, confortablement installée dans un fauteuil tapissé de soie verte, sous les lambris de son château d'Étioles dont les fenêtres donnaient sur la Seine, elle réfléchissait à la fragilité de sa position à la Cour. Depuis qu'elle était devenue la favorite du roi, chacun, courtisans, ministres, s'était donné pour but de la chasser, et ceux qui n'en avaient pas le pouvoir, valets, dames d'honneur, lui parlaient mal. Les moments qu'elle passait dans son domaine d'Étioles étaient reposants, mais ce n'était pas en se reposant qu'une favorite conservait sa place. Pour se maintenir à Versailles, séduire Paris et se concilier la population du royaume, il lui fallait des soutiens.

Elle passa mentalement en revue les artistes et les penseurs qu'elle pouvait gagner à sa cause : le philosophe Montesquieu, le dramaturge Marivaux, le naturaliste Buffon, le portraitiste Chardin, le peintre Boucher… Tous brillants, aucun vraiment utile. Elle avait besoin d'une personne qui soit capable de présenter à tout le monde sous la forme d'un conte de fées sa liaison avec le roi. Elle ne voulait plus être la petite bâtarde poussée dans le lit d'un monarque concupiscent par des financiers avides. Elle voulait être une bergère enlevée par un prince. Qui était de taille à accomplir ce miracle ? Marivaux, avec ses comédies si intelligentes qu'on devait les voir trois fois pour en comprendre la moitié ? Crébillon, qui composait des tragédies où « Aldebert » rimait avec « camembert » ? Montesquieu, qui ne s'intéressait à vous qu'à condition que vous soyez persan ?

Elle avait entre les mains le petit succès de la saison, *La Bataille de Fontenoy*. Voltaire y glorifiait Louis XV dans un poème où il avait fourré la moitié de la Cour : il offrait un rôle dans cette victoire à quiconque était susceptible de servir sa carrière. On y lisait des flatteries éhontées à l'intention du roi :

> « Que les Français sont grands quand leur maître les guide ! »
>
> Et autant pour son entourage :
>
> « Comment ces courtisans doux, enjoués, aimables,
>
> Sont-ils dans les combats des lions indomptables ? »

Son protecteur, le duc de Richelieu, s'y voyait attribuer le succès de l'armée tout entière :

> « Il vole et, sa vertu secondant vos grands cœurs,
>
> Il vous marque la place où vous serez vainqueurs ! »

Quelle rouerie ! Quelle duplicité ! Quel génie ! Voilà l'écrivain dont elle avait besoin ! Elle le voulait auprès d'elle à Versailles pour signifier aux médisants qu'elle était la femme la plus belle, la plus fine, la plus intelligente, et que sa présence auprès du roi était une chance pour la France.

Ce Voltaire avait le don d'accorder la célébrité à toutes les femmes qui l'approchaient. Avant de le connaître, la marquise du Châtelet était la terne épouse d'un officier de province propriétaire d'une scierie. Qui s'intéressait à madame la scieuse de bois ? Depuis qu'elle fréquentait le philosophe, elle était la maîtresse d'un auteur qui sentait le soufre, d'un personnage douteux, honni par l'Église, surveillé par la police, détesté par la justice, leur relation était un sujet de scandale, sa réputation était perdue, son nom associé aux pires turpitudes... Quelle réussite ! Jeanne, elle aussi, voulait devenir une femme à la mode, une femme lancée, une femme que l'on jalousait ! Et elle n'aurait pas même besoin de coucher avec un philosophe pour cela !

Mais comment faire entrer ce magicien à la Cour ? Ceux qui n'étaient pas en mesure de prouver seize quartiers de noblesse y étaient mal reçus, elle l'avait appris à ses dépens.

À Étioles, Mme de Pompadour vivait avec un oncle à la mode de Bretagne, le baron de Tournehem, qui avait bien connu sa mère. Il avait été là le jour de la naissance de Jeanne, avait pris soin d'elle après que le père officiel s'était enfui à l'étranger, avait pourvu aux dépenses de son éducation, et pour cela il avait mérité le nom d'oncle à défaut de celui de père. Peut-être pour parachever son œuvre, il avait jeté sa « nièce » dans les bras du roi, ce qui aurait dû lui valoir un autre titre moins gracieux. Au contraire, il avait reçu celui de

« directeur des bâtiments du roi », une charge qui consistait moins à traquer les fissures des façades qu'à prévoir des salles pour les réjouissances de Sa Majesté. À soixante ans, ravi d'être monté plus haut qu'il n'aurait pu l'espérer, il était paré des rubans, dentelles, cocardes, perles, bijoux et broderies qu'il pensait être le ton de la Cour, et s'en était recouvert comme s'il avait été lui-même la maîtresse royale.

Pour ce qui était du problème de Jeanne, « Comment profiter de talents que Voltaire dilapidait auprès d'autres femmes ? », M. de Tournehem avait une idée. Jeanne s'occupait elle aussi des divertissements du roi, un homme qui avait grand besoin d'être diverti car incapable de se divertir lui-même.

— Dis à ton Voltaire de nous écrire un opéra !

— Un opéra, mon oncle ?

C'est avec du miel qu'on attrape les mouches. On allait tartiner de miel le chemin de Voltaire vers la Cour et vers l'abeille qui voulait y régner.

CHAPITRE PREMIER

Où l'on voit une rivière de diamants couler vers la place Vendôme.

Voltaire et sa marquise, Émilie du Châtelet, rentraient d'un séjour à Cirey, en Bourgogne, dans le château du marquis, le mari, que la marquise n'avait pas vu depuis quatre ans : ce militaire était occupé à protéger les villes françaises contre les appétits allemands, et sa femme à protéger son philosophe contre tout le reste.

Les cheveux d'Émilie étaient noués très serré sous son petit tricorne bleu. Elle portait une tenue de chasse assortie au couvre-chef, une courte redingote qu'elle jugeait très confortable pour voyager.

Voltaire ne s'était pas fait poudrer, car il est impossible de trouver un bon barbier dans les relais de poste, aussi son long visage était-il encadré de grosses boucles châtaines que la pommade à cheveux rendait luisantes. Il portait un gilet à grandes poches, très commodes pour y ranger tout ce dont il pouvait avoir un besoin pressant : peigne, pilulier, mouchoir et abrégé des œuvres de John Locke contre l'absolutisme.

C'était l'été, Paris était en liesse à l'occasion des victoires de Sa Majesté, la populace se déversait dans les rues où le roi offrait à boire au son de petits orchestres. Les voyageurs mirent le cap sur la maison d'une amie qui leur avait promis une chambre dans ses combles. Rue des Petits-Champs, leur carrosse fut pris dans un embarras composé d'une centaine d'autres dont les attelages s'imbriquaient inextricablement. Lorsque le duc de Chartres et sa suite revinrent à leur tour de la campagne, il fallut leur laisser la place de regagner le Palais-Royal, le quartier tout entier fut obstrué.

— Quelle honte, ces privilèges ! dit Voltaire, qui suivait cela à la portière, le postérieur sur des coussins en soie.

Ils se voyaient rester là toute la nuit. N'étant jamais venu dans la capitale, le cocher de Cirey ignorait comment se dégager de ces rues étroites. Allaient-ils dormir dans leur carrosse ? Sans souper ? Émilie aima mieux quitter le navire au milieu de la foule déchaînée, Voltaire sur ses talons et ses diamants au cou, aux poignets, aux doigts – cela impressionnait les valets d'écurie lors des étapes, ils la servaient plus vite.

— Mais, ma chère, vous n'y pensez pas ! Vous allez être bousculée ! Renversée ! Rudoyée ! Délestée !

— Vous me protégerez !

Il voulait bien, mais qui le protégerait, lui ?

Elle devant, fendant la foule, lui derrière, guidé par le scintillement des pierreries, ils descendirent jusqu'à la rue Saint-Honoré pour la remonter en direction de la place Vendôme. Ils contournèrent les danseurs et danseuses, les vielleux, les ivrognes en grappes, et même un amas de charcutiers, le tablier sanglant autour des reins, sortis de leurs cuisines pour célébrer les boucheries du roi.

Ces méandres les jetèrent sur les quais de la Seine, où l'on respirait mieux. Un voyageur en chapeau rond, que son costume et sa politesse désignaient comme étranger, leur demanda la direction du Pont-Neuf.

— Par là, répondit Voltaire en tendant le bras. Juste après le Pont-Huit.

Des gens poussaient des cris au bord du fleuve. Un amas de vêtements flottait près d'une pile du pont, coincé entre deux barques. On repêcha le corps d'une femme âgée d'une vingtaine d'années. Sa peau était très pâle. Sa coiffure s'était défaite, ses longs cheveux collaient aux étoffes. Ses bras pendirent lamentablement quand on la souleva pour la déposer sur la berge. Elle avait dû être jolie et prendre soin de sa personne, comme en témoignait la paire de souliers très élégants qu'elle avait aux pieds. Un coup d'œil suffit à Voltaire pour savoir qui avait créé ces superbes objets, dans quel quartier il exerçait et quel jour du mois il fallait se présenter pour obtenir un rabais.

Un exempt conciliabulait avec deux gardes en robe courte.

— C'est un accident. Cette malheureuse aura glissé.

Voltaire en doutait fort. Le pont le plus proche était loti : aucun moyen de tomber à l'eau sinon depuis une fenêtre, et cette jeune fille n'était pas chaussée comme une servante qui nettoie les carreaux. Une tache de couleur attira son attention. Il emprunta à Émilie la lorgnette de théâtre qu'elle gardait dans une poche de sa robe. Un ruban identique à ceux de la noyée était accroché à la pile du pont. C'était bien de là-haut qu'elle venait. Ce décès avait toutes les apparences d'un suicide.

— Alors ? demanda Émilie comme il lui rendait son instrument.

— Un accident, bien sûr, répondit-il avec un clin d'œil.

Les suicidés encouraient des poursuites judiciaires pour « homicide contre soi-même ». Quiconque mettait fin à ses jours exposait sa dépouille à finir pendue au coin d'une rue, double punition pour la famille. Aussi les policiers se montraient-ils assez compréhensifs pour conclure autant que possible à un décès accidentel, surtout si les parents étaient en mesure de les récompenser. Ce qui amena l'exempt à poser tout haut une seconde question : qui était cette jeune fille ?

— C'est Mlle Ventajour, dit Voltaire.

L'exempt s'étonna.

— Vous la connaissez, monsieur ?

— Je ne l'ai jamais vue, mais ses parents tiennent boutique sur le quai de Gesvres.

Contrairement au reste de ses vêtements, les souliers de cette malheureuse ne correspondaient pas aux attifiaux d'une boutiquière endimanchée. Elle était chaussée très au-dessus de ses moyens : le fameux cuir « Ventajour » était hors de prix – du veau élevé sous la mère dans les prés de Lombardie, puis travaillé à Cordoue ! Une cocotte entretenue aurait été mieux vêtue. Et si elle avait simplement été employée dans la boutique, ses patrons ne lui auraient pas offert un article de premier choix confectionné sur mesure. C'était donc la fille de la maison qui gisait là.

— Et pour son nom ? insista l'exempt.

— Oh, monsieur, qui ne reconnaîtrait pas un modèle de chez Ventajour, le chausseur des princes, le prince des chausseurs ? Ce veau du Milanais a été travaillé au poinçon, vieilli en Espagne et cousu par les meilleurs faiseurs de Paris. Seule une collaboration internationale a pu donner naissance à ce chef-d'œuvre de la cordonnerie !

Il couvait d'un œil amoureux les souliers détrempés. Émilie l'entraîna avant qu'il ne soit accusé de pousser les demoiselles à l'eau pour leur dérober leurs accessoires. Le couple s'éloigna sous l'œil interloqué des policiers, qui se demandaient si on ne venait pas de se moquer d'eux. S'ils n'avaient pas eu la ferme intention de classer ce décès en accident et d'aller réclamer le pot-de-vin aux boutiquiers, ils auraient été fort tentés d'interpeller tout de suite un suspect.

L'hôtel du président Hénault occupait l'angle sud-ouest de la place Vendôme. Émilie tira le cordon d'une main ferme. Le valet venu ouvrir découvrit une dame endiamantée accompagnée d'un petit monsieur qui s'épongeait avec un mouchoir après avoir marché. Ils venaient rendre une visite surprise à leur « cher ami le président ». On leur répondit que le maître était absent. Peu importait ! Ils investirent la maison en personnes qu'on est toujours content d'avoir chez soi, même quand on n'y est pas.

— C'est pour un sauvetage ! annonça Voltaire.

— Que se passe-t-il donc ?

— Deux mille carrosses assaillent le quartier ! Alors, vous comprenez, nous préférons nous réfugier ici.

On voulut s'interposer, M. le président n'avait pas laissé d'instructions à propos des réfugiés.

— Vous voyez bien, insista l'envahisseur : nous sommes à pied, nous ne pouvons aller nulle part, nous sommes coincés ici. Un peu de compassion, que diantre !

On aurait dit les naufragés du vaisseau *Amsterdam*, échoué sur la côte d'Hastings à son voyage inaugural, mais en plus exigeants quant aux conditions du sauvetage. Ils se laissèrent tomber dans une chaloupe qui était un sofa tapissé par les Gobelins.

— Monsieur est en Normandie, à son château d'Ételan, avec Mme du Deffand.

— Très bien ! Nous ne le dérangerons donc pas. Servez-nous à souper !

— La cuisine est fermée, la cuisinière est en congé dans son pays.

— Peu importe !

Ils envoyèrent acheter chez le rôtisseur une poularde au Réveil (fourrée, cuite à la broche, nappée d'une sauce à l'estragon) et firent monter une bonne bouteille de la cave de M. le président. Le personnel rechignait à dilapider les réserves du maître.

— Mon ami, dit Émilie au majordome, vous me reconnaissez ?

— Oui, Madame, vous êtes Mme la marquise du Châtelet.

— Bien. Alors allez me choisir une excellente bouteille de votre maître, il vous en sera reconnaissant.

Et pour montrer qu'on le serait aussi, Voltaire glissa une pièce dans la main du domestique, comme à l'auberge.

Ce dernier jugea impossible de dire « non » à une dame qui arborait une fortune en bijoux à tous les endroits où l'on pouvait en mettre. Aussi fut-on enfin autorisés à se restaurer dans un décor acceptable, avec vue sur la place dessinée par Jules Hardouin-Mansart.

— Il faudrait prévenir M. le président..., insista le valet.

— Certes ! Nous allons lui écrire pour le remercier de son hospitalité ! Apportez-nous son papier à lettres !

Tout compte fait, on était mieux là que dans la soupente promise par leur amie. Ils décidèrent de rester aussi longtemps que les embouteillages.

— Combien durent-ils, ces embarras, dans ce quartier ? demanda Voltaire.

— Oh ! Un mois ! répondit Émilie. Au moins !

Elle adressa la lettre à la résidence versaillaise du président.

— Je crois qu'il est en Normandie, ma chère.

— Tant mieux. Quand elle se sera perdue, nous en écrirons une autre.

Après avoir renoncé à une carrière de prédicateur religieux, le président Hénault s'était orienté vers la magistrature, qu'il avait exercée pendant vingt ans. C'était au système de Law qu'il devait sa fortune : lors de la folie spéculative de 1719, il avait tenu pendant trois mois, avec son amie Mme de Tencin, l'ancienne religieuse, un comptoir de finance qui lui avait permis de faire fructifier son patrimoine avant que la banqueroute n'engloutisse celui de ses clients. Son éducation chez les jésuites de Louis-le-Grand, sa connaissance du droit, son sens de l'investissement, cette vie parisienne auprès des salonnières, l'élasticité de sa morale, tout le prédisposait à devenir un grand ami de Voltaire. Son bel hôtel de la place Vendôme avait vu défiler tout ce qu'il existait de penseurs, de gens importants et, à présent, il accueillait deux rescapés de la circulation qui ne pensaient pas mériter moins.

Le président était veuf d'une dame très riche qu'il avait beaucoup trompée. Il vivait désormais avec Mme du Deffand, qu'il trompait aussi. Il était l'auteur de chansons qui lui avaient permis d'entrer à l'Académie française vingt ans plus tôt. Voltaire ne lui en tenait pas rigueur, il fallait avoir les idées larges, même à l'égard de gens qui se permettaient de recevoir avant vous des honneurs auxquels votre talent vous destinait, quoi qu'on en dise.

Ils décidèrent de prendre pension en vertu de l'adage « j'y suis, j'y reste ». Après tout, le président Hénault avait fait une halte de trois jours à Cirey chez les du Châtelet.

— Et trois jours en Bourgogne, c'est trois semaines à Paris !

Voltaire prit la plume pour écrire lui aussi à leur bienfaiteur.

« Mon cher ami, vous vous rappellerez sans doute que, lors de votre passage à Cirey, j'étais en train d'écrire ma *Princesse de Navarre*. Eh bien, je suis venu la faire jouer à Versailles ! »

— Vous ne lui dites pas que vous vous occupez de cela depuis chez lui.

— C'est sous-entendu.

L'heure était venue de présenter au président la facture des navets du potager qu'il avait dégustés à Cirey.

Dans les jours suivants, le bruit se répandit que Voltaire était revenu dans la capitale et qu'il recevait chez le président Hénault – seul le président l'ignorait. L'écrivain se consacrait au énième remaniement de sa *Bataille de Fontenoy*, il avait encore trouvé quelques messieurs de la Cour à y ajouter. Ce poème devait lui servir de marchepied pour l'Académie. Il comptait sur le soutien de Sa Majesté, qu'il venait d'acheter en bons vers de douze pieds. Voltaire avait jadis composé un poème en l'honneur de Henri IV, *La Henriade*. Mais, étant mort depuis plus d'un siècle, Henri IV n'avait pas beaucoup agi pour la carrière de son thuriféraire. Après s'être entraîné sur des rois morts qui ne pouvaient rien pour lui, il était temps de flatter les rois vivants qui pouvaient quelque chose.

Un valet le dérangea pour lui annoncer qu'un visiteur désirait le déranger encore plus. Voltaire l'aurait bien renvoyé tout de suite, mais mieux valait s'informer : il n'aurait pas fallu froisser un académicien venu lui offrir son suffrage.

— Qui est-ce ? Comment s'appelle-t-il ? Que me veut-il ?

Amable Grafouillière, comédien de son état, venait voir Monsieur pour une affaire délicate. Voltaire eut un geste las qui voulait dire « Faites entrer ».

Amable Grafouillière avait un museau de fouine, une perruque passée de mode, deux petits yeux vifs qui vous scrutaient à la façon d'un rongeur sur le point de saisir l'épi de blé que vous teniez entre vos doigts. Voltaire le trouva sympathique, il lui rappelait quelqu'un. Il arborait sur sa veste fatiguée une décoration inconnue, d'origine étrangère autant que mystérieuse. Il venait lui emprunter des sous.

— Monsieur, je ne prête pas, vous voyez bien que je suis moi-même démuni, dit l'écrivain en désignant le décor princier dans lequel il cachait sa misère.

Grafouillière présenta des lettres de crédit signées de grands noms de la Cour et de la finance. Il y en avait même une d'un célèbre imprésario qui le couvrait d'éloges et se portait garant pour lui. Voltaire voulut bien prêter un peu, sa confiance alla jusqu'à vingt-cinq louis.

Amable Grafouillière le remercia avec effusion. S'il cherchait la protection de généreux prêteurs, c'était qu'il n'avait plus de famille à lui.

— Mon pauvre. Vous savez, c'est parfois une chance.

Quand l'emprunteur eut tourné les talons, Émilie vint voir pour quel motif son génie préféré avait suspendu ses travaux.

— Que désirait votre visiteur ?

— Me soutirer de l'argent.

— A-t-il réussi ?

Voltaire la considéra avec consternation.

— Parfois, je me demande si vous vivez vraiment avec moi.

Il avait investi vingt-cinq louis, M. Grafouillière allait avoir la bonté de lui en rembourser trente d'ici trois mois. Sans quoi l'imprésario Belami, son garant, lui tirerait les oreilles après que Voltaire lui aurait botté les fesses.

Cette bonne action accomplie, l'écrivain repartit à la recherche d'un moyen d'améliorer le sort de l'humanité par la raison et le bon sens ; pour ce qui concernait sa personne, il avait déjà trouvé.

CHAPITRE DEUXIÈME

Où l'on attrape les philosophes avec du miel.

Jeanne-Antoinette Poisson, Mme Lenormant d'Étioles, marquise de Pompadour par la grâce du roi, avait son château sur la rive droite de la Seine, en bordure de la forêt de Sénart où Sa Majesté venait parfois chasser, ce qui était commode quand on avait l'intention de séduire un roi. Louis XV avait hérité de ses aïeux une passion pour la chasse ; les Lenormant avaient hérité des leurs une jolie propriété où ils avaient attendu de le rencontrer, tapis à l'intérieur de leur grosse maison en pain d'épices. Il fallait reconnaître que la sorcière était bien faite, on avait pris soin de la promener dans les bois en voiture découverte, quels que soient les courants d'air, et Hansel ne s'était pas fait prier pour passer au four.

Le Hansel du jour qui se présenta à la grille était de la sorte écrivante plutôt que chassante, mais elle intéressait aussi. Tandis qu'on venait lui ouvrir, Voltaire contempla cette bâtisse de pierre blanche flanquée de communs à tourelles, ouvrant d'un côté sur la campagne, de l'autre sur le fleuve. C'était le parfait décorum pour soutenir les prétentions d'un baron de Tournehem qui n'avait attendu que de prostituer sa « nièce » auprès d'un roi pour accéder à davantage d'honneurs et de noblesse.

Mme de Pompadour attendait son visiteur dans le vestibule.

— Cher ami ! Comme c'est aimable à vous d'être venu !

— Comment donc ! J'ai apporté quelques affaires !

Deux laquais déposèrent une malle sur le carrelage à cabochons noirs. Soit le visiteur se changeait huit fois par jour, soit il avait prévu de rester la semaine.

D'une taille un peu au-dessous de l'ordinaire, la marquise était vive, détendue, elle avait le geste souple, le port gracieux, et se tenait exactement sur la ligne qui sépare le dernier degré de l'élégance bourgeoise du premier de la noblesse. Son visage, d'un ovale parfait couronné de cheveux châtain clair, possédait de très grands yeux ourlés de longs sourcils, un nez régulier, une bouche enfantine, des dents superbes et le sourire le plus délicieux du monde. Son teint délicat illuminait le tout. Elle incarnait l'idéal de beauté non du siècle, mais de la décennie, du moment. Il en serait ainsi tant que la mode resterait aux poupées grandeur nature dotées d'une petite tête, de petites mains, de petits pieds, à moins que sa finesse, sa culture et son intelligence ne lui permettent de durer une fois cette mode passée. Elle était vêtue d'une magnifique robe couleur d'azur, mais point encore une robe de duchesse – il fallait laisser un peu de marge à l'avenir.

La table avait été dressée dans un salon qui donnait sur le jardin. On comptait attraper les philosophes avec des friandises et du vin liquoreux, des sucreries, des douceurs et des mignardises. La manœuvre était excellente, Voltaire s'y laissa prendre avec délice.

— Verrons-nous M. Lenormant d'Étioles ?

— Ah, non. Depuis que je vois le roi, mon mari est très occupé en province.

Comme elle avait changé ! Voltaire se rappelait l'avoir connue toute petite, quand le banquier Monmartel se chargeait d'elle et de sa mère. Il est vrai qu'à cinquante ans, ayant toujours vécu chez les autres, dîné chez les autres, et beaucoup côtoyé les banquiers, Voltaire avait vu petites toutes les grandes filles de Paris et de Versailles. À seize ans, Jeanne avait tenu le rôle-titre de sa *Zaïre* sur les tréteaux du château de son oncle.

— À présent, je joue sur les parquets de Versailles et le public est sans pitié.

— C'est le rôle de votre vie, dit Voltaire.

L'oncle Tournehem avait veillé sur son éducation, elle était son chef-d'œuvre. La diction lui avait été enseignée par l'académicien Crébillon, Mme de Tencin l'avait tenue sur les fonts baptismaux de son salon, elle y avait appris la conversation entre Marivaux et Montesquieu.

— Et malgré tant de gens qui me détestent, vous m'invitez quand même ? dit Voltaire.

— Monsieur, répondit Jeanne, il existe une façon flatteuse d'être détesté.

Officiellement, elle avait rencontré le roi à la représentation d'une de ses pièces. L'auteur était son génie tutélaire, son destin était placé sous le signe de Voltaire. C'est pourquoi elle sollicita une faveur entre la frangipane et le massepain. Il devait venir à la Cour.

— Vous savez, prévint-il, je vis en ermite, je me voue à mon travail, je sors très peu.

— Vous étiez l'autre jour à la première d'*Arlequin valet de lui-même*, aux Italiens.

— Une fois n'est pas coutume.

— Une amie vous a vu la semaine dernière chez la duchesse de Montfort pour un goûter.

— Je n'ai pas pu m'y soustraire.

— Vous étiez hier au thé dansant de la princesse de Conti.

— Que puis-je pour vous, chère madame ?

Inutile de lutter, les services de renseignement de la marquise étaient plus redoutables que ceux du lieutenant général de police. Et puis il était hypnotisé. On ne pouvait rien refuser à ces yeux en amande, surtout quand son sourire lui donnait un regard de louve. Il se sentait petit lapin.

Elle désirait qu'il persuadât tout un chacun que sa vie de favorite était un conte de fées. Elle préférait passer pour une héroïne de Perrault que pour une aventurière de salon. Il devait faire d'elle une bergère enlevée par un prince.

— Soyez ma bonne fée !

La bonne fée en perruque Régence considéra d'un œil expert la gardeuse de moutons.

— Chère amie, quand j'en aurai fini avec vous, tout le monde appellera « bergère » la chaise à bras dans laquelle vous êtes assise. Et croyez-moi, je m'y connais en fauteuils !

Ce projet incluait une récompense. Jeanne l'aiderait à faire sa cour au roi. Elle n'aurait qu'à suggérer à Sa Majesté de reconnaître les talents de son irremplaçable sujet.

— Très bien ! dit Voltaire.

Pour ce qui était du talent, il venait justement d'écrire un long poème sur la bataille de Fontenoy en l'honneur de Louis XV et de tout son entourage.

La marquise n'était pas convaincue.

— Sa Majesté n'est pas très sensible aux poèmes, surtout quand ils sont longs.

— Mon texte en est à sa huitième édition !

— Justement. Louis a l'impression que vous lui avez volé sa victoire de Fontenoy. Vous l'avez changée en succès de librairie. Il ne se fatigue pas à remporter des batailles pour vous permettre de vendre des livres. Il faudrait lui offrir quelque chose qui ne soit que pour lui.

— Pourtant, j'ai été lyrique !

— Mieux vaudrait être lyrique en musique. Le roi préfère les spectacles, la danse, ce qui bouge et qui montre ses jambes…

— Très bien ! J'ai encore bon mollet et bonne cuisse, vous savez !

— L'idéal serait de faire danser les autres.

Elle imaginait une représentation avec des colonnes, des costumes, du clinquant partout. Voltaire avait écrit autrefois un *Temple du Goût*. On pourrait appeler cela : *Le Temple de la Gloire*.

— Imaginez l'affiche : Voltaire ! Rameau ! Jélyotte !

Le début de l'affiche était enchanteur, la suite baissait, quant à la chute, elle était franchement déconcertante.

— Qui c'est, ça, Jélyotte ? demanda Voltaire.

C'était le ténor en vogue. L'invité n'était pas très chaud pour se mettre au service des chanteurs à la mode.

— Ah, là, là… Un opéra… Une pièce où l'on chante…

— Avec un ballet !

— Où l'on danse…

La clochette de table tintinnabula pour appeler le dernier service. Il était urgent de noyer cette perplexité dans les desserts. Un quart d'heure plus tard, le ventre de l'écrivain avait étouffé les réticences de son cerveau.

— Je vous ai fait préparer une chambre, dit la favorite. Avez-vous de quoi vous mettre à l'aise ?

— Toujours quand je vais souper chez des amis.

Elle le logeait avec vue sur la Seine pour qu'il ait devant lui un joli paysage tandis qu'il écrirait son *Temple de la Gloire*. C'était un peu comme montrer au prisonnier du château d'If la mer sur laquelle il aurait pu fuir sa geôle, sans pour autant lui laisser aucun espoir d'évasion. En guise de verrous, Mme de Pompadour usait de cajoleries, de flatteries et de friandises. Elle le couvait, le surveillait, le flattait, il était comme le coq en pâte d'une basse-cour lambrissée. On le gavait de salpicons[1], de rissoles, de grenadins et de suprêmes. On l'abreuvait de tokay, un vin blanc hongrois liquoreux qu'il découvrit comme les compagnons d'Ulysse le cycéon[2].

— Êtes-vous sûr que mon médecin l'autoriserait ?

— Ça ne peut pas être mauvais : c'est sucré !

1. Mélange de viandes, de champignons et d'artichauts.

2. Breuvage composé de gruau d'orge, de miel vert, de fromage et de vin, auquel Circé ajoutait un poison pour transformer ses visiteurs en porcs.

Le Temple de la Gloire avançait hardiment, l'auteur trouvait une foule de petites saillies à y placer. Rameau allait s'amuser, ça le changerait d'*Hippolyte et Aricie*.

Son mystère préféré était devenu celui de la naissance de son hôtesse. Il interrogea le personnel.

— Votre maîtresse ressemble un peu à l'oncle Tournehem, ne trouvez-vous pas ?

— Madame ressemble beaucoup à sa mère.

— Tant mieux pour elle. Sa mère était très proche du baron, n'est-ce pas ?

— Je ne saurais vous dire, Monsieur.

— On a dit qu'elle était fille du banquier Monmartel, mais je n'en ai rien cru. M. le baron s'est si tendrement occupée d'elle !

— Certainement, Monsieur, répondit le valet, navré de voir quelle sorte de compliment on s'attirait après une bonne action comme, par exemple, prendre en charge les enfants de ses amis.

Les menus semblaient composés non pour lui faire écrire *Le Temple de la Gloire* mais *Pantagruel*. On leur servit un lièvre à la royale dont il vanta la sauce jusqu'à ce qu'on lui eût expliqué ce que c'était, après quoi il se déclara végétarien.

— J'espère au moins qu'aucun lièvre n'a souffert dans cette opération.

— Non, non, pensez-vous ! On l'égorge, on l'écrase, on le désosse, on le met en presse, on l'écrabouille. C'est ce qui donne ce goût délicat.

Il se rabattit sur les salsifis, qui suscitaient moins de compassion.

— Combien de temps les avez-vous fait bouillir ?

— Bouillir ? Non point, on les jette directement dans la poêle.

— Directement ?

Le dîneur eut des prémonitions d'explosions intestinales qu'il s'inquiéta de voir se changer bientôt en sensations. De fait, il se tordit toute la nuit sur son matelas, les pages du *Temple de la Gloire* éparpillées autour du lit.

— Assassiné par un salsifis !

Il voulut consulter. Son indigestion lui valut passeport pour un rapatriement à Paris : c'était vivant qu'il était utile.

CHAPITRE TROISIÈME

Où Voltaire écoute un rossignol et se fait prendre pour un pigeon.

Il ne suffisait pas, pour faire un bon opéra, d'avoir un bon texte et un bon compositeur, il fallait aussi un bon ténor. Émilie et Voltaire s'en furent écouter ce fameux Jélyotte, qui donnait un concert de musique sacrée en l'église Saint-Merry. Cela leur servirait d'audition. L'écrivain reprocha à sa marquise de s'être pomponnée comme pour une grand-messe à Versailles.

— Dès qu'on vous parle d'aller à l'église, vous vous parez comme la reine de Saba ! Vous attrapez le charme de Bethsabée !

— Eh bien ? C'est biblique !

Quant à lui, on pouvait douter que ses mèches de faux cheveux poudrées, ses dentelles et ses épingles en diamant soient de nature à ravir M. le curé.

— Voyons donc… J'ai l'impression qu'il me manque quelque chose…

— Un missel ? suggéra la marquise.

— On ne peut pas penser à tout !

Il fit la grimace en pénétrant dans Saint-Merry. C'était exactement le genre de bâtiment gothique qu'il n'aimait pas. De son point de vue, l'architecture ne s'entendait qu'avec le qualificatif de « moderne ». Cet art avait fait des progrès, surtout ces derniers temps, depuis que l'écrivain se chargeait de définir ce qui était beau, aussi aurait-il vu d'un bon œil qu'on abattît tout ce qui était vieux, à commencer par Notre-Dame.

Le sanctuaire était bondé, mais ce n'était pas pour entendre la messe. Les spectateurs s'étaient rassemblés pour un exercice d'adoration très peu lié au Saint-Sacrement. Voltaire aperçut Jean-Philippe Rameau, le futur compositeur de son *Temple de la Gloire*, l'homme qui allait lui ouvrir les portes de la Cour, même s'il l'ignorait encore. Rameau était longiligne, coiffé d'une perruque démodée et accablé d'un long nez planté sur un visage sec.

— C'est fou comme il vous ressemble, dit Émilie.

— Vous plaisantez ? Il est impérieux, méprisant, impatient, dépourvu d'aménité, glorieux !

— On dirait vous avec des jambes.

Les musiciens s'installèrent. Les plus applaudis furent Pierre de Jélyotte, le ténor en vogue, et Piccolino Piccolini, le castrat de la mode d'avant. L'Italien avait le teint frais et la face poupine de ces infortunés qu'on a privés de leurs attributs virils juste avant la puberté. Ni leur visage ni leur corps ne prenaient jamais la rudesse masculine. Ils conservaient un semblant d'enfance, mais d'une enfance racornie, séchée, conservée dans le vinaigre et visible à travers un bocal qui rendait ce reliquat étrange et monstrueux. Le petit garçon mort se devinait sous les oripeaux flamboyants du chanteur adulé. Piccolini n'était pourtant pas avare de fards ou d'apprêts financés par les écus que les princes lui avaient prodigués pour récompenser le travail des bouchers, du temps où il faisait entendre de cours en châteaux ses plaintes de créature blessée, changées par l'art en trilles et en arpèges.

Son pourpoint bleu clair était surpiqué de fil blanc. Il avait coincé sous son bras un tricorne à plumes roses. Sa perruque à trois rouleaux était aussi poudrée que ses pommettes savamment tartinées de rouge et rehaussées d'une mouche. Ses petits yeux, aussi bridés que ceux d'un Esquimau, vous guettaient comme des arbalètes à travers des meurtrières. Ils semblaient jauger l'ennemi en approche, une habitude qui ne l'avait pas quitté depuis ce jour fatal de ses dix ans. Tout en lui respirait la richesse et la peur. On ne pouvait s'empêcher de croire qu'il aurait donné tous les colifichets dont il était paré pour retrouver ceux qu'il avait perdus, et que cette impossibilité créait le pli amer qui affaissait sa bouche un peu trop rouge. Il avançait d'une démarche contrariée, comme si un morceau de son bassin s'était déplacé lors de la triste opération. Sa canne n'atténuait en rien un déhanchement qui lui donnait, avec ses broderies chamarrées et son plumage, la dégaine d'un canard mécontent qui s'en retourne à sa mare en caquetant.

Tout au contraire, Jélyotte avait des traits réguliers et volontaires, des sourcils d'une horizontalité d'oiseau de proie sur un œil bleu perçant, une haute stature à la taille svelte et bien prise, de longues jambes aux mollets galbés dans leurs bas blancs, si bien que n'importe quelle dame de la Cour et de la ville l'eût engagé pour quelque emploi qu'il eût convoité – fauconnier, jardinier, secrétaire, amant. Et en plus il chantait ! Son regard était intelligent quand il observait quelque chose et doux le reste du temps, sans qu'on pût départager la vérité du faux-semblant. L'apparence suffisait. L'expression « élégance naturelle » avait été inventée pour lui, de même que le tournesol avait été créé pour s'incliner vers le soleil, si bien que le champ tout entier de son public se tournait vers sa splendeur. Et il chantait !

— Il est tellement beau qu'il n'aurait même pas besoin de chanter, dit Émilie.

— Personne n'est parfait, répondit Voltaire.

Ces messieurs s'échauffèrent la voix par quelques vocalises.

— Ah ! Enfin ! Il sera très bien dans mon opéra !

— Il n'a pas encore chanté, dit Émilie.

— C'est encore mieux quand il ne chante pas.

Les deux hommes interprétèrent des motets français et italiens.

— C'est le festival de la musique ennuyeuse ? demanda Voltaire.

Dans le public, un abbé faisait triste mine et dardait sur le ténor des regards assassins.

— C'est Evrard Cordebœuf, un compositeur, dit Émilie. Il a eu son heure de gloire il y a dix ans. Il survit en donnant des leçons de solfège.

Cet homme semblait vouer à Jélyotte une haine farouche. On aurait juré qu'il n'était venu au concert que pour lui montrer sa hargne et lui faire manquer ses notes. Cela sembla tout à fait fonctionner. Jélyotte perdit son assurance, hésita, et, au détour d'une phrase latine tirée des Écritures, il lança une bordée de jurons à faire se dresser les cheveux sur la tête.

— Boîte à vérole ! Relique merdeuse ! Récureux de burettes ! Mangeur de chrétien ! Lèche-curé ! Catholique à gros-grain ! Accapareur de merde d'abeilles !

L'improvisation ne seyait pas au cadre sacré de l'endroit ni au motet. Avait-il bu ? Un bedeau voulut interrompre le concert au nom de l'archevêque. Ce fut Piccolini qui cessa de chanter.

— L'archévêque, jé lé loui prends et jé lé loui coupe !

— Mais de quoi parle-t-il ? dit Émilie.

— De la loi du talion, chère amie. Vous savez : œil pour œil, dent pour dent… Enfin tout cela.

Le castrat se mit dans une telle fureur que les abominations du ténor passèrent au second rang.

— Si vous n'arrivez pas à m'apprécier, vous né mé méritez pas, bandé dé salopards !

Il quitta l'église avec fracas, frappant le dallage de ses talons et claquant la porte derrière lui. Tandis que le curé de Saint-Merry remerciait les musiciens tout en faisant comprendre que l'on n'était pas près de les revoir ici, Voltaire accrocha Rameau : il devait absolument écrire un rôle pour ce castrat qui aimait tant l'Église. Le compositeur ne voulut pas en entendre parler.

— C'est une diva ! Un monstre de narcissisme ! Une cocotte hystérique !

— Oui ! dit Voltaire. Il est parfait !

Jélyotte plaisait davantage.

— Comment jugez-vous le ténor ? demanda Rameau.

— Coupable, dit Voltaire.

Il venait d'interpréter la cantate *Beati pauperes spiritu*.

— Il chante « bienheureux les pauvres », et les dames lui jettent des pièces d'or !

Émilie tâcha de son côté de gagner Jélyotte à la cause de la musique contemporaine.

— Vous devriez chanter du Rameau.

— Cette musique est si architecturée qu'on croit chanter un traité de physique, répondit le ténor.

— C'est pour ça que j'aime bien.

Voltaire avisa l'imprésario Grignion Belami, qui arrivait pour la deuxième partie du récital, celle avec des chanteuses. Ce Belami était le garant d'Amable Grafouillière, l'emprunteur. Voltaire lui demanda des nouvelles de son ami.

— Ce n'est pas mon ami, dit l'imprésario.

— Pourtant vous me l'avez recommandé !

— Jamais de la vie ! Il est plus escroc que comédien, sa réputation est effroyable.

Voltaire sentit le palais des Philistins s'effondrer sur la tête rasée de Samson.

— S'il vous a présenté une lettre de moi, il a dû la forger, conclut Belami. J'espère que ce n'est pas grave.

— Non, non. Ce qui est grave, c'est le reste.

Voltaire commençait à douter de l'authenticité des autres documents qui certifiaient le sérieux de son emprunteur. Mille fois Émilie avait tenté de lui faire quitter ses déplorables habitudes. Mais qu'y pouvait-il ? À chacun ses petits défauts. Chez lui, c'était l'appât du gain. Elle avait bien un amant !

Elle voulut le rassurer. Après tout, cette mésaventure ne s'ébruiterait peut-être pas.

— Les gens ne font attention à ces choses que chez les gens célèbres.

— Voilà ! se lamenta Voltaire. Je suis perdu !

À force d'interroger tout le monde, il se procura l'adresse de l'acteur.

— Je vais lui apprendre la philosophie de la vie !

À coups de canne, ça entrait mieux.

Ils sautèrent dans un fiacre et se firent conduire au domicile du sacripant. Voltaire tira de sa poche une petite boîte en émaux et goba trois bonbons blancs.

— C'est de la sanofine.

— *Quid ?*

— Une invention du Dr Sanofi pour calmer les nerfs. La formule est secrète.

Ils passaient près d'un de ces tas d'ordures malodorantes qui défiguraient les rues de Paris et offusquaient les narines des passants. Émilie désigna ces déchets de la pointe de son éventail.

— Je crois que nous avons trouvé la formule du Dr Sanofi.

Amable Grafouillière habitait une maison de rapport décrépite. Ils toquèrent au carreau de la gardienne. Une face ronde, rougeaude et pleine de tendre aménité se présenta.

— Cépourquoi ?

— M. Grafouillière, je vous prie. C'est le comité de soutien aux artistes à la dérive.

— Ah, c'est pas trop tôt ! Quatrième à gauche ! Vous lui rappellerez qu'il me doit le dernier terme !

Escalier qui grince, couloir qui pue. Bizarrerie : la clé était restée dans la serrure.

— Il perd la tête, votre Amable.

— Je vais la lui faire retrouver en tapant dessus.

Voltaire se servit de sa canne pour toquer à la porte. Point de réponse. Amable avait un point commun avec saint François de Sales, patron des écrivains : il restait sourd aux prières.

L'appartement était désert. Il y régnait un fouillis de vieux célibataire. Du matériel pour écrire traînait sur un bout de table : Amable entretenait des correspondances, l'homme de chiffres se doublait d'un homme de lettres. Hélas, aucun des deux n'était honnête. Ils virent là une petite collection de papiers à lettres aux armes de personnes connues. De toute évidence, l'acteur s'écrivait ses recommandations lui-même. Émilie tenait un feuillet entre deux doigts comme on retire une sardine de la bourriche d'un pêcheur.

— Ce document porte l'emblème de l'archevêché. Je peux nous faire nommer diacres de la cathédrale, si vous voulez.

Voltaire était toujours surpris par la profondeur abyssale de la duplicité humaine.

— C'est honteux ! C'est scandaleux ! C'est odieux !

Cette pratique jetait le doute sur tant de gens qui avaient besoin de la recommandation de hauts personnages ! Il glissa discrètement dans sa poche quelques-unes de ces feuilles et se demanda s'il saurait imiter la signature épiscopale.

Plusieurs tiroirs étaient vides. L'occupant des lieux avait plié bagage. Il n'avait emporté que les objets de première nécessité pour vivre et pour jouer la comédie. C'était là les signes d'un départ précipité. Une fois son forfait perpétré, le traître avait fui la juste colère des philosophes !

— Avec vos vingt-cinq louis, dit Émilie, gageons qu'il a pu fuir votre colère jusqu'à Romorantin, à condition d'avoir trouvé une place de diligence à demi-tarif. À mon avis, courir après lui vous coûtera plus cher que ce qu'il vous a pris.

Avant de quitter le logement, Voltaire renversa de la farine sur le plancher.

— Que faites-vous donc ?

— Je prépare un piège pour voir s'il est bien parti. Comme pour la chasse au lièvre.

Il posait un collet !

Il prit soin de dissimuler la clé sous le paillasson dans le cas où il voudrait revenir. Au rez-de-chaussée, la concierge guettait leur passage avec l'espoir de percevoir son terme. Quand les marches du bas grincèrent sous leur poids, le volet s'ouvrit à nouveau.

— Il était pas là, hein ? Il m'a bien dit qu'il partait en tournée, mais je l'avais pas cru. Six mois qu'il a pas joué ! Monsieur prétend aux grands rôles du répertoire ! Monsieur s'estime indigne de faire bouillir la marmite !

On lui recommanda, si jamais elle le revoyait, de l'envoyer au comité d'assistance aux artistes : place Vendôme, hôtel du président Hénault.

Voltaire ne digérait pas la manière dont cet homme l'avait berné.

— C'est une entourloupe que l'on m'a déjà proposée plusieurs fois. Ceux qui s'y essayent doivent au moins présenter au pigeon les petits pois avec lesquels ils comptent le cuire.

CHAPITRE QUATRIÈME

Où Voltaire montre qu'il connaît la musique.

Voltaire avait rédigé son livret, il tenait un chanteur, il ne lui manquait plus qu'un compositeur pour faire la jonction entre les deux. De même que les lapereaux étaient dans les clapiers, les compositeurs se dénichaient à l'Académie royale de musique, autour de la salle d'opéra du Palais-Royal.

Cette institution occupait le côté droit[1] de la façade sur rue. Depuis plus de dix ans, Jean-Philippe Rameau donnait là ses opéras. Le

1. Cette partie du bâtiment a été démolie pour permettre le percement de l'actuelle rue de Valois.

Palais-Royal était l'un des premiers centres d'attraction de Paris en raison du vaste jardin où chacun pouvait se promener à condition de n'être ni en livrée, ni en tenue d'ouvrier. C'est pourquoi les nombreuses prostituées qu'on y croisait avaient soin de se bien vêtir. Au centre, une galerie marchande en bois peint ajoutait à l'intérêt du lieu.

La façade de l'Opéra était un corps de bâtiment massif, très similaire à celui qui occupait le côté gauche de la cour. Près de la double porte, un écriteau annonçait les tarifs :

Balcons : 11 livres 10 sous
1res loges et amphithéâtre : 7 livres 4 sous
2es loges : 3 livres 12 sous
3es loges et parterre : 1 livre 16 sous

Un groupe de fillettes adorablement parées pour la danse descendait l'escalier avec Rameau en habit noir et perruque blanche.

— Oh ! s'exclama Voltaire. Elles sont toutes mignonnes ! Même le monsieur, là-haut !

Le compositeur avait quelques musiciens à tancer. N'était la différence de stature, Voltaire et lui se ressemblaient tellement que, si par accident ils s'habillaient dans les mêmes tons, on croyait voir deux acrobates venus exécuter un tour où l'un monte sur les épaules de l'autre. La sorcière qui les avait forgés à partir d'un tas de boue avait juste manqué de glaise pour le deuxième.

Rameau était en compagnie de Jean-François Berger, un ancien receveur général des Finances qui détenait le privilège de l'Académie de musique. Il avait réussi à endetter cette institution à hauteur de quatre cent cinquante mille livres, la valeur de plusieurs maisons bien situées. Il était surveillé par Rebel et Francœur, surintendants de la Musique de la Chambre de Sa Majesté, nommés inspecteurs de l'Académie royale, prêts à récupérer la régie dès que le gouffre du déficit serait jugé insupportable. En attendant, Rebel et Francœur composaient en collaboration et tentaient de résister à Rameau, dont le génie écrasait tout. Rameau avait imposé un style plus mélodique, plus sobre, dégagé des fioritures. Il avait déjà eu la peau de Mouret, de Boismortier, de Mondonville, de Colin de Blamont, tous continuateurs de Lully, car il avait balayé l'ancienne mode au nom de la nouvelle, c'est-à-dire de la sienne.

— Ah, mais je n'empêche personne de composer ! disait-il. Tant qu'on a du talent !

Outre les représentations publiques, l'Académie royale assurait la majorité des spectacles de la Cour, notamment lors des séjours à Fontainebleau ou à Choisy. Les solistes étaient remplacés à Paris par leurs doublures, ce qui décourageait les spectateurs.

— Si seulement le roi pouvait venir plus souvent ! se plaignait Berger. Quand il est là, nous multiplions les prix par quatre !

Le revenu de l'Académie reposait uniquement sur les entrées, d'où le déficit. Berger n'avait pas réussi à expliquer à Rameau pourquoi son art devait être soumis à de vulgaires limitations financières. Il y avait aussi les abonnements, la publication des partitions et le bal de l'Opéra, où chacun pouvait venir danser deux fois la semaine.

Berger pria Voltaire de passer le voir quand il aurait fini avec Rameau, puis le philosophe suivit ce dernier en pressant le pas, car l'autre avait des jambes de héron.

De forme rectangulaire, la salle avait été refaite treize ans plus tôt, en 1732. Elle comptait quarante-cinq loges distribuées sur quatre balcons. La première à droite était celle du roi, on l'avait surmontée d'un buste d'Apollon. Celle de la reine, en vis-à-vis, avait eu droit à un buste de Minerve. On notera qu'Apollon et Minerve n'étaient pas mari et femme. Coiffée d'un casque rébarbatif,

Minerve conservait jalousement sa virginité dans un temple, elle n'allait pas batifoler avec les Muses comme Apollon en face. Des frises à guirlandes de fleurs aux couleurs vives rehaussées d'or couraient sous les loges que séparaient des palmiers en stuc.

Si l'espace prévu pour les spectateurs était assez vaste, la scène était en revanche toute petite pour ne pas empiéter sur la cour des Fontaines, située derrière, qui faisait partie du Palais-Royal où vivait le duc d'Orléans, le propriétaire. Ces circonstances donnaient une grande importance aux décors de l'architecte Servandoni, le bâtisseur de l'église Saint-Sulpice. Ses toiles peintes augmentaient l'illusion théâtrale par l'exactitude de la perspective. Les machines du mécanicien Arnoud permettaient de faire voler les dieux qui intervenaient dans la plupart des œuvres. Mais le principal attrait reposait sur les entrechats des danseuses qui exécutaient menuets, rondes et gavottes.

Rameau finit par demander au lutin sur ses talons ce qui lui valait ce plaisir.

— Je vais révolutionner l'opéra français ! déclara Voltaire.

— Bonne idée ! Avec quel compositeur ?

— Avec vous !

Rameau jugea l'idée moins bonne.

— J'ai déjà révolutionné l'opéra, répondit-il. Demandez autour de vous.

— Ah. Fichtre.

Voltaire manquait d'informations. C'était toute la difficulté de réformer un art auquel on ne connaissait rien.

Après avoir passé sa jeunesse à composer des pièces d'orgue et de clavecin, Rameau avait publié un *Traité de l'harmonie* vivement attaqué. Ce succès de scandale avait lancé sa carrière. Depuis qu'on l'accusait de détruire la musique française, les commandes affluaient. Les spectateurs voulaient voir à quel point il oserait jeter à bas les règles instaurées par Lully sous le règne de Louis XIV, et pour le moment on n'était pas mécontent du résultat.

Voltaire souhaitait que Rameau lui commandât un livret.

— À vous ? Je ne crois pas.

— Je vous comprends. Si j'étais vous, je ne me le commanderais pas non plus. Mais j'aurais tort. Vous avez fait *Hippolyte et Aricie*, *Castor et Pollux*… Il est temps de passer à *François-Marie et Jean-Philippe !*

— À qui donc ?

— À vous et moi.

Rameau réfléchit le temps de quelques blanches et de quelques noires. Il devait se priver de son librettiste habituel, qui avait été contraint de s'éloigner de Paris : Louis de Cahusac était en délicatesse avec la justice en raison de revenus cachés qu'on avait découverts.

Voltaire lui vanta le texte qu'il venait de rédiger, ce *Temple de la Gloire* destiné à assurer leur promotion auprès du roi.

— Vous devriez nous composer quelque chose dans le goût de vos *Indes Galantes*, mais avec Louis XV à la place des sauvages. Je vois des décors grandioses ! Des costumes magnifiques ! Et, à la fin, une pluie d'or !

L'idée sourit au compositeur.

— Quelle bonne idée ! Des paillettes dorées pleuvant sur scène !

— Non, je voulais dire : une pluie de récompenses sur vous et moi !

CHAPITRE CINQUIÈME

Où Voltaire met un bémol à ses ambitions.

Voltaire laissa Rameau rêver aux possibilités musicales de son livret et s'en fut voir ce que lui voulait Jean-François Berger, le directeur de cette belle institution si utile à la carrière des philosophes.

Après avoir traversé des salons où s'élevait une musique divine, des corridors où résonnaient des voix célestes, des parquets où des anges en robe rose s'élançaient vers le ciel avec légèreté, on atteignait le siège de l'enfer administratif. Tout enfer a son Cerbère, celui de M. Berger se nommait Espérance Béranger. Elle n'était plus toute jeune, mais continuait de s'apprêter d'une manière à faire entendre qu'elle cherchait à recouvrer une jeunesse dont elle n'avait pas profité autant qu'elle l'aurait voulu.

Sur une chaise attendait un jeune homme au visage plein, aux vêtements élimés, sans doute un petit flûtiste venu solliciter un emploi de sous-fifre. Voltaire passa devant lui et se présenta à la préposée.

— Voltaire, librettiste, on m'attend.

Le cabinet du directeur était décoré de bois précieux, de danseuses peintes par Watteau, de larges fauteuils qui avaient dû aider à creuser le déficit – il ne fallait pas abandonner ce privilège à Rameau et aux artistes.

Grand et mince, Jean-François Berger portait une redingote couleur de rouille qui rappelait celle de sa perruque auburn, si bien qu'avec ses lorgnons, son gilet à fleurs, sa culotte et ses bas sombres, on aurait dit un diablotin à ressort jailli d'une boîte. Son sourire grimaçant n'aidait pas à atténuer cette impression.

— Ah, cher ami, vous tombez à pic.

— Oui, toujours, pourquoi ?

Berger avait reçu de la Cour la commande officielle du *Temple de la Gloire*. Le librettiste possédait visiblement de puissants appuis en haut lieu.

Hélas, mille fois hélas, l'Académie de musique s'inquiétait pour son joyau le plus précieux. Pierre de Jélyotte serait-il en état de chanter cette œuvre ? Il n'était plus lui-même, il n'arrivait plus à se concentrer sur ses rôles, il ne préparait plus ses concerts. Sa nervosité commençait à rejaillir sur son art, sur la qualité de ses récitals, autant dire sur les recettes de l'Opéra, dont les finances hésitaient toujours entre le marasme et la banqueroute.

— Il rate ses *fa* dièse ?

— Si seulement !

Trois jours plus tôt, il s'était produit chez l'ambassadeur du Portugal.

— Tout allait pour le mieux, Jélyotte roucoulait, les Portugaises aussi. Et tout à coup, la catastrophe ! Le désastre ! En un mot : l'impair !

Il avait remplacé le beau texte poétique de la chanson par un catalogue d'injures ignobles : « Ragoût de bougre ! Prête-vérole ! Mou-de-veau mal lavé ! Fils de quatre fesses ! Crapaud des Indes ! »

— Son Excellence l'a pris pour son compte, nous avons été au bord de l'incident diplomatique.

Voltaire suggéra que le chanteur s'était peut-être fâché contre quelqu'un. Lui-même avait souvent traité les gens de monstre ou d'écorcheur, ça ne tirait pas à conséquence.

Hélas, cela lui arrivait désormais à toute occasion. Même en répétition.

— Vous n'imaginez pas comme c'est gênant, dans son métier.

Voltaire savait que certaines personnes ne pouvaient s'empêcher de proférer des grossièretés. Il avait constaté ce phénomène chez ses confrères : il arrivait qu'on prononce devant lui les mots de plagiaire, de menteur, d'arriviste, de pornographe, mais il croyait jusqu'alors ce phénomène limité aux écrivains.

Jélyotte devenait incontrôlable. Personne ne parvenait à expliquer ces crises ou à les prévoir.

— Peut-être a-t-il des ennuis d'argent ? dit Voltaire, qui connaissait un remède très simple à ce genre de tracas. Est-il solvable ?

Le chanteur vivait aux crochets de son vieux papa fortuné. Cet homme avait commencé dans les verreries toulousaines, il avait investi dans la fourniture de chevaux à l'armée, et depuis lors il était riche. Son fils avait toujours été protégé, couvé, choyé, *a fortiori* depuis qu'il était l'élu de ces dames.

— Ah ! L'adulation générale est dure à porter, compatit Voltaire en replaçant une mèche de ses faux cheveux poudrés. Avez-vous une idée de ce qui lui arrive, à votre joyau chéri ?

On ne dirigeait pas une maison comme l'Opéra sans avoir développé un don pour l'analyse des comportements, l'étude des individus, le récolement des informations. Autant dire que Jean-François Berger aurait pu facilement remplacer ces messieurs du Châtelet et leur lieutenant général. De son point de vue, plusieurs raisons pouvaient expliquer la nervosité de l'idole. Peut-être Voltaire pouvait-il l'aider à choisir laquelle était la bonne ? Premièrement, il y avait Piccolino Piccolini, le castrat, qui avait formé le ténor. Cet artiste vieillissant avait beaucoup misé sur son élève pour l'aider à prolonger sa carrière. Au contraire, Jélyotte n'avait pas hésité à s'emparer des premiers rôles dès que sa voix d'or avait été prête. Il Piccolino avait jugé ce retournement indigeste. Ses performances déclinaient au même rythme qu'augmentait sa consommation d'alcool. Au vrai, son acrimonie envers son ancien élève était injuste. Jean-François Berger lui aurait donné son congé depuis longtemps si Jélyotte n'avait pas insisté pour qu'on le garde.

— C'est donc une fumée sans feu, conclut Voltaire.

— Pas du tout !

Si Berger soupçonnait le castrat, c'était parce que Jélyotte avait brusquement changé d'attitude deux jours plus tôt, sans explication. Il avait donné l'autorisation de remplacer Piccolini, il l'avait même exigé. Berger en avait déduit que le sopraniste italien était à l'origine du problème, et il s'était fait un plaisir de s'exécuter.

— C'est plutôt ce Piccolini que vous avez exécuté.

— Que voulez-vous ! L'art est une maîtresse exigeante !

— Surtout pour les castrats.

— Vous savez ce que c'est !

— Plaît-il ?

— Je veux dire… Vous, un écrivain, un auteur reconnu… Vous savez comment sont les femmes quand elles adorent ! Elles ne s'offrent pas à moitié !

— Oh, je sais ! dit Voltaire, qui était lui-même l'idole des amateurs de philosophie.

Hélas, le renvoi du castrat n'avait pas résolu le problème. La deuxième piste concernait les fredaines de Jélyotte avec ces dames. Il avait abondamment puisé dans le vivier de ses admiratrices, qui était sans fond. Un professeur de musique nommé Evrard Cordebœuf faisait courir le bruit qu'une de ses élèves s'était compromise à cause de lui. Peut-être Jélyotte en était-il affecté ?

— Par la compromission ou par l'accusation ?

— Je compte sur vous pour me le dire.

Tout cela était de la mauvaise réclame. Et il y avait encore sa nouvelle maîtresse, Héloïse Montretout, une claveciniste d'à peine vingt ans ! Quelles mœurs étaient-ce là ! On finirait par ne plus le laisser se produire devant la Cour !

Voltaire admit que cela faisait bien des soucis pour un seul homme.

Jean-François Berger annonça au librettiste-enquêteur une bonne nouvelle censée le motiver. En plus de son *Temple de la Gloire*, la Cour lui commandait une version raccourcie de son opéra-comique intitulé *La Princesse de Navarre*. Il fallait juste ajouter de l'exotisme.

Voltaire suggéra d'en faire l'histoire d'amour entre une musulmane et un Castillan pendant la Reconquista. Cela s'appellerait *Ramirez fait sa fête à Fatima.*

— Nous dirons plutôt *Les Fêtes de Ramire et de Fatime*, rectifia Berger, car même Rameau ne pouvait être tenu de rendre le nom « Ramirez » mélodieux.

Les paroles devaient être modifiées « de manière à masquer les coupures », ce que Voltaire traduisit par : il faut jeter la moitié de votre texte pour ne pas alourdir la belle musique de Rameau. Il se récria. Il n'avait pas le temps ! Et la philosophie, alors ?

Jean-François Berger avait pensé à tout. Il gardait sous le coude un débutant qui serait ravi d'exécuter ces menus travaux. C'était un Genevois méritant du nom de Jean-Jacques Rousseau.

— Connais pas, dit Voltaire. Ce Rousseau est un illustre inconnu.

Berger ouvrit la porte. Son assistante était justement de l'autre côté, comme si elle avait été sur le point de toquer, ou, plus vraisemblablement, comme si elle avait été en train de les espionner. Elle ne paraissait pas réjouie de ce qu'elle avait entendu. Le directeur la pria d'introduire le monsieur qui attendait.

C'était un jeune homme pas très gai, aux yeux marron, vêtu à l'emporte-pièce, avec sur le dos une veste qui réclamait d'être repassée, et, sur la tête, une perruque comme en portaient les militaires ou les curés sans le sou : une espèce de peau de mouton blanchie en cuve qu'on n'avait pas besoin de poudrer, trop courte et mal coupée.

— M. Rousseau est tout indiqué pour vous suppléer, il vient de terminer un charmant opéra intitulé… intitulé…

— *Les Muses galantes !* compléta son auteur.

Il salua Voltaire bien bas, ainsi qu'il seyait quand on rencontrait des Altesses Royales.

— Je suis sûr que vous avez immensément de choses à m'apprendre, monsieur.

— Oui, la politesse, dit Voltaire. Vous direz « maître », s'il vous plaît.

— Vous êtes mon modèle, vous incarnez la raison, vous êtes le fanal de notre pensée contemporaine !

— Vous pouvez m'appeler « monsieur ».

— Voilà un jeune homme qui vous aime, dit Berger.

— Oui, bon. Je me méfie des compliments : seules les critiques sont toujours sincères.

Ce Rousseau lui faisait l'effet d'un brave garçon disposé à se laisser utiliser sans trop gémir. Sans doute n'avait-on rien de mauvais à attendre de lui, sauf peut-être les maladresses que sa gaucherie annonçait. Il considéra cette veste mal coupée dans une étoffe bon marché, sans parements, presque une veste en pensée qu'on n'avait pas vraiment pris le temps de fabriquer, une idée de veste, de même que ce Rousseau n'avait de carrière que dans ses rêves. Tel que Voltaire connaissait le monde, les choses allaient rester ainsi. Ce tâcheron avait eu de la chance de tomber sur un grand écrivain, leur collaboration serait sûrement le haut fait de sa courte vie d'auteur. Peut-être honorerait-on un jour d'une ligne ce quidam dans les études consacrées au penseur des Lumières, on y lirait quelque chose comme : « Un Suisse nommé Rousseau eut la chance de s'employer auprès de maître Voltaire, à qui il voua jusqu'à la fin de ses jours une reconnaissance et une vénération bien émouvantes. »

Un peu plus tard, tandis qu'ils cheminaient dans Paris pour faire connaissance, le futur biographié expliqua à son assistant la nature du travail qu'on allait lui confier.

— Je vais offrir à Leurs Majestés un divertissement chanté et dansé. Cela s'appellera *Les Fêtes de Ramire*.

— Très bien ! dit Rousseau. Quel en sera le sujet ?

— Aucune idée. C'est vous qui allez l'écrire.

Rien ne déconcertait Rousseau, il avait de grandes aspirations.

— Je vais révolutionner la musique !

— Plaît-il ?
— J'ai écrit un traité à ce sujet.
— Vraiment ?
Voltaire faisait la tête du meunier qui voit un gros rat pénétrer dans son grenier plein de grains. Le Genevois lui tendit respectueusement un opuscule intitulé *Dissertation sur la musique moderne*. Il l'avait publié deux ans plus tôt, personne ne l'avait lu.
— Merci de m'avoir réservé cet honneur, dit Voltaire.
La première phrase disait : « J'entreprends de justifier la musique des torts dont on l'accuse. » C'était tout ce qu'il fallait pour déplaire à Rameau : il était le plus grand compositeur vivant; si la musique moderne avait des torts, c'était donc de sa faute. Et voilà que ce petit Suisse prétendait disculper le grand Rameau de torts dont ce dernier ne se savait pas responsable !
Voltaire voulut savoir si son habile apprenti fréquentait des personnes susceptibles de l'aider.
— Je connais M. de Marivaux !
— Tant pis pour vous.
— Quel brave homme ! Quelle finesse ! Quelle intelligence !
— Oui, oui.

— Vous êtes de ses amis, évidemment ?

— Oh ! Vous pensez ! Nous sommes tous les deux hommes de lettres ! C'est dire !

— Quelle merveille que cette belle confraternité d'écrivains qui s'apprécient mutuellement…

— Vous écrivez depuis peu, n'est-ce pas ?

— Je prévois de composer un *Discours sur les sciences et les arts*, un peu sur le modèle de votre *Temple du goût*, mais en plus développé.

Comme ils longeaient la Seine, Voltaire fut tenté de le jeter par-dessus le parapet. Ce genre d'accident arrivait tout le temps. On repêchait justement le noyé du jour, un homme d'âge mûr, tout gonflé par son séjour aquatique.

— J'ai l'impression que c'est le grand divertissement de la saison, dit Voltaire.

C'était le deuxième qu'il voyait depuis son retour. On pêchait plus de gens dans la Seine que de truites dans la rivière de Cirey. Ils descendirent sur la grève : mieux valait s'intéresser aux petits accidents de la vie citadine qu'aux projets de Rousseau.

L'inspecteur Tamaillon conversait avec ses subordonnés. Il s'était fait couper des vestes au col si haut que, de profil, il dissimulait la moitié de son visage. On aurait dit un espion qui se transportait avec un paravent derrière lequel il se cachait.

Le noyé était un monsieur d'environ soixante ans, pratiquement chauve. Bien que l'eau lui eût délavé le teint, son visage évoqua quelque chose à l'écrivain. En tout cas, il reconnut immédiatement ses vêtements, qu'il avait rencontrés tout récemment sur le dos d'un importun. Qui était-ce donc ? Qui avait-il côtoyé de déplaisant, ces derniers jours ?

Il fit instinctivement trois pas en arrière. Amable Grafouillière ! La coïncidence était affreuse. La police n'aurait qu'à interpréter de travers le moindre indice pour lui adresser des reproches, comme elle en avait l'habitude.

Tamaillon était précisément en train de parvenir à la même conclusion. Il avait retiré de la poche intérieure du noyé un papier signé Voltaire, le double d'une reconnaissance de dette passée entre le défunt et le philosophe. Les yeux du policier quittèrent le document pour se poser sur le petit bonhomme qui s'était approché du cadavre comme un chacal attiré par une vieille carcasse goûteuse. Décidément, les criminels ne pouvaient s'empêcher de revenir sur les lieux de leurs forfaits. L'inspecteur lut à haute voix :

— « Par la présente, je reconnais devoir vingt-cinq louis au sieur François-Marie Arouet dit Voltaire. » Il ne vous a pas remboursé, c'est ça ?

L'interpellé compta intérieurement combien de personnes l'avaient entendu pester contre ce débiteur indélicat. Il y avait les spectateurs du concert à Saint-Merry, puis la concierge du vieil acteur…

— Un alibi, Arouet ?

— Mais oui… L'art ! Le talent !

— Qui peut le confirmer ?

— Tout Paris !

Alors que Tamaillon s'apprêtait à le conduire au Châtelet pour étudier sa culpabilité dans cette affaire et dans l'état de la société en général, le suspect abattit sa dernière carte.

— Vous allez m'accuser d'avoir poussé cet olibrius à l'eau… alors qu'il n'est pas mort noyé !

Sa peau n'était pas cyanosée comme elle aurait dû l'être – Voltaire avait des points de comparaison récents. Il avait déjà constaté sur d'autres cette décoloration des lèvres, ces brûlures buccales, ces rougeurs. Cette noyade était un empoisonnement !

— Je n'y suis donc pour rien !

L'idée de l'empoisonnement refroidit les ardeurs de la maréchaussée. On n'allait pas se lancer dans des complications pour un acteur endetté qui avait avalé du poison avant de sauter à l'eau.

— En voilà un qui ne voulait pas se rater ! conclut Tamaillon.

Il ne fallait pas décourager les suicidaires qui plongeaient dans le fleuve, c'était la méthode la moins salissante. Nul n'avait envie de ramasser leurs morceaux aux pieds des tours de Notre-Dame. La consigne était donc : un noyé repêché dans l'eau égale un accident et une inhumation en terre consacrée sans qu'aucune question gênante soit posée au cadavre.

Ils furent rejoints sur la grève par le nouveau lieutenant général suivi de deux inspecteurs. Claude-Henry de Marville avait la rondeur d'un serviteur de la Couronne dont les ambitions s'étaient bornées à l'exercice d'une paisible carrière administrative. Ces circonstances avaient changé le jour où son beau-père lui avait légué sa lieutenance pour compléter le trousseau de sa fille. Ces petits cadeaux en famille pesaient sur les épaules tombantes de M. de Marville. Les rôles d'époux et de rentier lui suffisaient. Or voilà qu'on lui demandait d'être le premier policier de Paris ! Sa femme, sa fortune et les Parisiens s'entendaient pour lui causer des soucis auxquels ses fonctions de conseiller d'État ne l'avaient pas préparé. Il regrettait de n'avoir pas épousé la fille d'un épicier dont l'héritage en petits pois l'aurait moins tracassé. Son embonpoint et l'aspect fuyant de sa personne le faisaient prendre pour plus petit qu'il n'était, peut-être parce qu'on sentait en lui une aspiration à disparaître dans quelque retraite paisible – magistrature, intendance provinciale – où la populace ne viendrait plus le tourmenter avec ces questions d'ordre, d'organisation et de sécurité qui gâtaient son repos.

Tamaillon lui résuma l'événement : Voltaire avait prêté à un vieil acteur qui s'était empoisonné avant de se noyer, faute d'avoir trouvé un autre moyen d'échapper au harcèlement de l'écrivain.

— Le pauvre homme ne disposait pas d'un cachot où jeter les philosophes, dit Marville.

Voltaire proposa de leur confier Rousseau qui leur expliquerait tout.

— Vous verrez, il explique très bien : les inégalités sociales, la bonne manière de composer, l'éducation des enfants, tout !

La police n'avait pas envie qu'on lui complique la vie, et ce Voltaire compliquait tout ce qu'il effleurait. On préféra lui accorder le bénéfice du doute en attendant d'avoir des preuves. Gare à lui si de nouveaux indices les mettaient sur sa piste ! La prochaine fois, ce serait la Bastille !

— La Bastille ! répéta Rousseau tandis que Voltaire et lui s'éloignaient à grands pas. Quelle horreur !

— Vous savez, ici, c'est un peu un passage obligé pour les grands écrivains.

— Tant pis ! Tant pis ! Plutôt rentrer à Genève !

« On a les bastilles qu'on peut », songea Voltaire.

CHAPITRE SIXIÈME

Où l'on va de croches en anicroches.

Voltaire avait les pieds dans ses pantoufles et la tête dans un bonnet en soie doublé de martre qu'il affectionnait lorsqu'il se départait de sa perruque. Sa longue robe de chambre achevait de faire de lui l'incarnation du charme littéraire. De son côté, Émilie rajustait sa coiffure devant le trumeau de la cheminée. Elle désirait qu'il l'accompagne à un concert.

— Encore ? J'en ai déjà entendu un la semaine dernière !

— Je croyais que vous débutiez une carrière de librettiste ?

— Oui, mais je n'avais pas compris qu'il faudrait écouter de la musique !

C'était chez M. de La Popelinière, le fermier général. Il y aurait un buffet de bastions, de darioles et de talmouses, les plus savoureuses de Paris. Quand Émilie se retourna, l'écrivain portait sa veste brodée, ses souliers à boucles d'argent, et les rouleaux de ses cheveux poudrés tombaient exactement deux doigts plus bas que ses épaules.

Mécène fastueux, Le Riche de La Popelinière possédait un orchestre et un théâtre. À ses réceptions se pressaient gens de cour, gens du monde, gens de lettres, artistes, étrangers de passage, acteurs, actrices, et quelques filles de joie.

— C'est une cour sans miracles, dit Voltaire lorsqu'ils abordèrent cette faune réjouie qui banquetait de talmouses[1] et de champagne.

Il est patent que le financier le plus malin finit toujours par rencontrer quelqu'un de plus malin que lui, en général une femme. L'une des maîtresses de La Popelinière, une actrice, avait fait courir le bruit qu'elle était enceinte de ses œuvres, et ce bruit avait couru jusqu'au cardinal de Fleury, le Premier ministre d'alors. Son Éminence n'aimait pas les histoires de filles séduites et abandonnées, elle avait suggéré au fermier général de

1. Biscuits fourrés de crème.

régulariser la situation du futur bébé s'il souhaitait que l'État renouvelle ses contrats. Huit jours plus tard, le gros banquier passait devant M. le curé. Le lendemain des noces, la nouvelle Mme de La Popelinière annonçait la fin de sa grossesse et le début de sa vie de princesse.

Elle eut bientôt fait de leur hôtel de la rue de Richelieu un havre de luxe et de plaisirs. Leurs amis surnommaient cette maison la Ménagerie et son propriétaire le Sultan. Soucieux de cultiver un financier chez qui on mangeait si bien, Voltaire adressait à son hôte des compliments outrés. Justement, M. le fermier général se mêlait d'écrire, il possédait un beau style de fermier général.

— Avez-vous lu mon conte oriental, *Le Banquier et la lampe merveilleuse*? demanda-t-il à l'écrivain.

— Je me suis régalé! Quelle merveille! Si l'auteur d'*Aladin* vous lisait, il s'en étoufferait de jalousie!

— Comme vous êtes gentil! Au fait, j'ai décidé d'offrir les costumes de votre prochain opéra.

On le remercia avec effusion. Puis La Popelinière s'éloigna pour aller se faire caresser par quelqu'un d'autre.

— N'est-il pas décédé, l'auteur d'*Aladin* ? demanda Émilie.

— De toute façon, il ne risquait pas de s'étouffer, dit Voltaire en croquant dans un bastion[1] moins lourd que la prose du financier.

À l'instar de la plupart des dames, Émilie avait gardé son chapeau. Une tasse de chocolat à la main, l'œil mutin, sourire aux lèvres, elle semblait heureuse de perdre à des mondanités un temps qu'elle aurait pu consacrer à étudier les mouvements des planètes selon Newton. Il y avait en elle deux femmes : une qui appréciait la toilette et les divertissements, l'autre qui ne jurait que par la gravitation universelle. Toutes deux cohabitaient sans se gêner dans une même robe, à l'intérieur d'un même corset. L'une et l'autre s'accordaient à suivre le sillage d'un philosophe qui satisfaisait leur double penchant : celui pour la réflexion et celui pour la frivolité.

Une cinquantaine de personnes se pressaient sous ces lambris les plus dorés de Paris. Outre le grand Rameau, il y avait le pastelliste La Tour par qui tout le monde voulait être immortalisé, l'ingénieur Vaucanson qui fabriquait des automates

1. Gâteau au caramel.

plus vivants que bien des mortels, le peintre Carle van Loo et sa femme, une cantatrice italienne qui leur interpréta une cantate vénitienne où l'on pouvait entendre le clapotis de l'eau contre le flanc des gondoles.

Émilie s'étonna de voir Voltaire préférer les petits fours.

— Vous n'aimez pas Vivaldi ?

— Oh ! Vous savez, moi, la musique contemporaine…

La Popelinière était d'autant plus aimé des artistes qu'il les logeait à ses frais non loin de là dans une maison qu'il possédait. Chanteuses et danseuses de l'Opéra se produisaient de bonne grâce dans ses soupers. Quand il entendait la messe dans sa chapelle privée, c'était Rameau qui tenait le registre d'orgue. Aucun prince ne vivait plus somptueusement que La Popelinière.

Voltaire avisa le jeune Rousseau, en train de cultiver une dame de soixante ans couverte de diamants. Il s'étonna de le voir là, tout inconnu et mal vêtu.

— Vous êtes entré par-derrière en vous faisant passer pour un livreur ?

— Pas du tout ! M. de La Popelinière s'intéresse à ma musique. Il m'a promis sa protection.

Pour l'heure, Rousseau faisait son dîner des talmouses et des darioles[1].

— Et vous, demanda-t-il, pourquoi fréquentez-vous les salons ?

— Par instinct de conversation.

Rousseau les lâcha pour bondir sur une autre dame riche et d'âge mûr. Il les appelait toutes « Maman ». Voltaire le jugea très dérangé.

La maîtresse de maison annonça une bonne nouvelle : le célèbre Pierre de Jélyotte avait accepté de donner un petit récital pour remercier leur hôte de financer le prochain spectacle de l'Académie de musique. En fait, la soirée avait pour but de récolter des subsides pour l'Opéra. Voltaire vit qu'on faisait passer le chapeau. Il lâcha les darioles et empoigna Émilie.

— C'est un piège ! Sauvons-nous !

On en voulait à l'un des organes les plus nécessaires à sa santé : son porte-monnaie.

Hélas, les sorties venaient d'être fermées pour empêcher de nouveaux arrivants de déranger le ténor. Il dut se résoudre à fouiller dans sa poche, l'assistante du directeur approchait avec le chapeau.

1. Sorte de cheesecake.

Espérance Béranger n'était décidément pas la plus belle femme du monde, ni même sa cousine éloignée. En guise d'apprêts, elle avait investi dans un immense bonnet qui couvrait entièrement sa chevelure, lui tombait au milieu du front et tenait par un gros nœud qui cachait son cou. Comme elle méprisait d'évidence toute notion de maquillage ou d'épilation, et n'avait pas l'idée qu'une jolie femme est d'abord une femme qui sourit, le bonnet faisait l'effet d'une cloche posée sur un melon pas mûr. Deux petits yeux tout ronds dont la noirceur tranchait sur une peau claire, un peu comme chez les porcs, vous fixaient d'une manière qui ne permettait pas de lui supposer beaucoup d'intelligence. L'impression que cette femme, ni belle ni aimable, n'était pas non plus heureuse, rendait le tableau encore plus navrant. Elle semblait avoir attendu désespérément un événement qui aurait transformé sa vie, prince charmant, tremblement de terre, invasion viking, mais elle avait séché sur pied, ranci, s'était racornie, ses vêtements avaient tourné à une grisaille de suaire. Son chapeau à la main, elle jetait à Voltaire des coups d'œil furibonds.

— J'espère que vous n'allez pas ennuyer M. de Jélyotte !

Décidément, cette femme était contradictoire. Elle écoutait aux portes, mais l'idée qu'on puisse vouloir espionner son ténor la scandalisait.

— Je sais que M. Berger veut vous faire enquêter sur cet innocent !

Voltaire lui demanda si elle avait remarqué du changement chez l'innocent, par exemple des gens douteux dans sa proximité.

— Oui. Un en particulier.

L'objet de son acrimonie était coiffé d'une perruque à l'ancienne mode et portait à ses lèvres un biscuit qu'il venait de tremper dans son champagne.

De son côté, Émilie observait la galerie de portraits des fous et folles d'opéra. Elle voulut engager la conversation avec Jélyotte, mais une jalouse lui opposa le barrage de son corps.

— Je suis son accompagnatrice, déclara la muraille.

— Ah, je vois, dit Émilie. C'est un peu comme une escorte.

La muraille se nommait Héloïse Montretout, elle tenait la partie de clavecin. Contrairement à Espérance Béranger, elle possédait une beauté tranchante comme un scalpel, non l'instrument qu'un chirurgien emploie pour sauver un patient, plutôt la lame qu'il enfonce jusqu'à l'os pour détacher les nerfs, les cartilages, et amputer le membre d'un mourant toujours conscient. Ses traits parfaitement réguliers étaient ceux d'une poupée de porcelaine aux grands yeux inquiétants. Les longs doigts de ses longs bras semblaient faits pour apaiser son appétit par la soustraction de confitures, de rubans ou d'écus, selon les âges de sa vie. Elle était pour l'heure au sommet de son art – non celui du clavecin, celui de la séduction, de la persuasion, de la suggestion qui lui permettaient, malgré des façons et un parler assez vulgaires, d'arborer des toilettes et des bijoux à l'égal, sinon des plus grandes dames, au moins de celles qui aspiraient à le devenir.

Émilie aima mieux regagner le buffet, auquel se cramponnait Piccolino Piccolini.

— Maestro ! Êtes-vous venu nous faire l'honneur de votre talent ?

Il était venu faire honneur au buffet.

— On ne m'invité plous, on ne me fé plous chanter, mais qu'importe ! Jé viens quand même ! Au moins j'écoute !

À cet instant, il écoutait les bulles de champagne éclater dans sa coupe en cristal gravée aux armes de La Popelinière, un coq coiffé d'une couronne de marquis.

Piccolino devait avoir fait couper sa garde-robe dans tous les tons d'un arc-en-ciel mièvre. Ce jour-là, il avait délaissé le bleu ciel pour le mauve. Par-dessus son habit trop clair au gilet trop fleuri, il avait jeté un éblouissant manteau coquille d'œuf, d'une teinte à ne pouvoir mettre un pied dans les rues boueuses de Paris. Pour coiffer le tout, il portait un tricorne blanc surmonté d'une plume vaporeuse arrachée au cul d'un ange.

Le cicerone à plumes entreprit d'expliquer quelles sortes de damnées de la musique les entouraient. Il les classait par catégories : les démentes, les excitées, les mélancoliques, et celles qui étaient justes bizarres. La plupart s'affublaient d'un nom d'emprunt, façon *Précieuses ridicules*, souvent des héroïnes d'opéras : Égéria, Aricie, Artémise... Émilie se choisit celui d'Hypatie. Piccolino fit la moue.

— On dirait oune nom de maladie. Vous été souffrante ?

— Hypatie était une philosophe grecque d'Alexandrie, néoplatonicienne, astronome et mathématicienne, qui vécut au IVe siècle de notre ère.

— Ah, ah, fit l'Italien.

Il la classa résolument parmi les bizarres. Il lui indiqua ses propres fous. Il y avait Grignion Belami, mécène quand il était en fonds, imprésario le reste du temps. Ce nom évoqua vaguement quelque chose à la marquise, mais le champagne l'empêchait de trouver quoi. C'était un gros adipeux qui tripotait les servantes et les musiciennes. À en croire Piccolini, son activité d'imprésario consistait à enrôler de jeunes personnes dont on n'entendait plus jamais parler. Quant aux dames, la moitié étaient là dans l'espoir de coucher avec leur beau Jélyotte.

Émilie entrevit une piste pour expliquer la nervosité de l'idole.

— Mais quelle horreur ! s'exclama-t-elle. Votre Jélyotte doit se faire bien des ennemis !

— Certainément. Rien que l'autré jour, oune démoiselle s'est touée pour lui dé désespoir.

De l'autre côté du salon, Voltaire faisait part à Rousseau de ses propres opinions sur la musique.

— Si c'est pour entendre un air de soprano, je préfère les femmes. Les voir agiter leurs plumes est moins choquant que chez un homme.

— Comme vous dites, répondit Rousseau, qui regardait les boucles et les rubans de son interlocuteur. Cependant, seule la voix du castrat est assez légère pour chanter l'amour.

— Pourquoi l'amour devrait-il être léger ? dit Voltaire.

Il voulut savoir qui était ce monsieur qui avait si grand air dans cet habit rouge rehaussé d'or qui lui donnait la prestance d'un amiral en retraite. C'était le père du chanteur. On se serait attendu à lui voir à la main un bâton de commandement plutôt qu'une coupe en cristal. Son impeccable perruque blanche à deux rouleaux sur les oreilles s'achevait en une queue-de-cheval retenue par un gros nœud de taffetas noir. C'était le digne géniteur d'un garçon qui avait admirablement réussi. Sans doute se faisait-il un devoir de venir entendre le brillant artiste qu'il pouvait s'enorgueillir d'avoir offert au monde, moins pour le plaisir des vocalises que pour jouir d'une fierté paternelle portée au pinacle.

Puis Voltaire vit le digne amiral pincer l'arrière-train des admiratrices de son rejeton, et un autre motif de sa présence se précisa.

Il était temps de commencer le récital. Héloïse Montretout se campa au clavecin. Les conversations ne s'interrompirent pas pour autant, l'intérêt du public se méritait, il fallait aller le chercher avec énergie et conviction, l'art était un combat. L'auditoire ne fit silence qu'aux premières notes du ténor.

Voltaire rognonnait dans sa barbe. On s'échinait à publier de la grande philosophie, et voilà! Un idiot envoûtait le public mieux que vous ! Il aurait dû organiser une série de conférences. Lui aussi pouvait faire entendre sa belle voix ! Et avec des mots intelligents, en plus !

Il avait du mal à circuler dans la salle à cause des dames en extase de tous côtés. Certaines, qui avaient tenu bon, finissaient par se pâmer pour ne point paraître insensibles. L'unique occupation des messieurs consistait à les éventer à l'aide d'un mouchoir ou d'une serviette de table.

Pour sa part, le père du chanteur comptait l'argent du chapeau – étrange occupation pour un homme que l'on disait riche. La fortune des Jélyotte était-elle aussi volatile que les vocalises ? La figure du ténor commença à marquer de la contrariété. Il rata son *mi* bémol. Voltaire espéra qu'il n'allait pas faire une rechute avant le concert royal. La situation s'aggrava quand une dame en noir se leva de sa chaise pour crier.

— Monsieur vise-au-trou ! Maudit rien qui vaille ! Faiseur de pirouettes ! Chaud moineau ! Échappé des galères ! Fumier de truie !

Sa voix couvrait les aigus du chanteur, qui dut s'interrompre. Médée s'était échappée de l'opéra de Lully pour lui lancer des anathèmes. Les valets en livrée de La Popelinière se frayèrent un chemin jusqu'à elle pour l'emmener dehors, toute criante et vitupérante. La scène ne fit pas très bon effet sur les admiratrices. D'autant que, lorsqu'il voulut reprendre son aria pour dissiper le malaise, ce ne fut pas pour prononcer le vers d'un joli poème en *sol* majeur.

— Langue à faire torcher les culs ! T'as chié dans ma malle jusqu'au cadenas !

Tout le monde dans l'assistance se regarda avec stupéfaction. Mlle Montretout referma sa partition de Corelli pour entamer une marche nuptiale et fit signe au père du chanteur. Ce dernier se posta devant le clavecin et réclama un instant d'attention.

— Mesdames, mesdemoiselles, messieurs, puisque vous nous faites l'honneur d'être venus écouter mon cher enfant, comment résister au plaisir de vous annoncer une grande nouvelle ? Ses fiançailles ! Avec notre irremplaçable claveciniste, Héloïse Montretout !

Il désigna la jeune fille, qui mima la surprise, puis la confusion, puis la joie, et se leva pour saluer, comme au théâtre. Quelle magnifique diversion ! Ils enfouissaient le désastre sous les confettis ! Grand émoi du côté féminin de l'auditoire. On se pâmait beaucoup moins, les dames étaient remises sur pied, elles envoyèrent leurs cavaliers leur chercher à boire pour faire glisser une nouvelle difficile à avaler.

Chacune se demandait pourquoi Jélyotte épousait cette inconnue quand il aurait pu prétendre à un mariage avantageux avec une héritière, ce qui l'aurait arrangé, vu qu'il ne possédait rien. Il dilapidait sa chance ! Les hommes qui vivaient de leurs talents n'étaient pas de très bons partis, le travail n'était pas une valeur sûre, contrairement à une propriété foncière ou à un commerce de gros. Quel gâchis !

Comme Voltaire atteignait enfin la porte avec l'espoir de s'en aller, une dame baissa l'éventail qui lui cachait la moitié du visage.

— Pst ! Pst !

C'était la Pompadour *incognita*, accompagnée de son oncle-père-maquereau.

— Vous avez vu ? dit-elle au librettiste. Votre *Temple de la Gloire* va être un triomphe ! Les dames de la Cour seront transportées par la voix sublime de Jélyotte !

Il fallait absolument qu'il chante, elle avait vanté à tout Versailles le talent du parolier Voltaire, on se montrait fort enthousiaste.

— Et le roi ? M'aime-t-il ?

— Sa Majesté vous adore !

Tandis que Voltaire contemplait une myriade de papillons imaginaires, M. de Tournehem, dans son dos, fit le geste d'une hache s'abattant sur un cou.

— Ah, bien, dit l'écrivain. On m'avait dit que mes écrits l'insupportaient.

— Non, non, affirma la Pompadour.

Ce n'était pas seulement les écrits de Voltaire qui indisposaient le roi, mais aussi sa morgue, son audace, son irrespect, son irréligiosité, et jusqu'à sa façon de s'habiller.

La Pompadour partie, ce fut Émilie qui vint s'accrocher à lui. Elle était persécutée par un importun qui se permettait de lui faire des avances.

— Je suis poursuivie par un baryton !

Si au moins son poursuivant avait été un ténor ! Elle lui désigna un freluquet vêtu d'une redingote ajustée et d'une cravate bouffante. Jeté sur un corps mince et droit, tout cela créait un effet à mi-chemin entre le petit maître habitué à le prendre de haut avec n'importe qui et l'intendant résolu à imiter ses employeurs.

Voltaire reconnut un certain Joseph Renonpin qu'on lui avait présenté comme l'homme à tout faire de l'imprésario Belami. Pour sa part, il désirait savoir qui était cette dame qui venait de faire un esclandre. Émilie s'était déjà procuré cette information : c'était Mme Ventajour.

Voltaire s'exclama.

— Les chaussures ?

— Vous connaissez ?

— Comment donc ! Leurs mocassins sont d'un moelleux ! Et leurs mules ! Et leurs escarpins ! De toute beauté !

— Oui, enfin..., dit la marquise, un peu gênée. Vous savez que ce sont des chaussures pour dames...

Leur pauvre enfant avait été folle de Jélyotte. Elle s'était jetée dans la Seine. Voltaire se souvenait d'avoir assisté au repêchage.

— Je comprends tout ! Leur fille a dû mourir en donnant naissance au rejeton du chanteur ! Jélyotte aura maquillé ce décès en suicide pour éviter le scandale !

— Quelle imagination vous avez, dit Émilie. Et toujours dans le bon goût.

Les Ventajour avaient paraît-il déposé plainte auprès du Parlement de Paris pour subordination. Jélyotte avait de quoi être désarçonné. Et voilà ! Deux suspects supplémentaires ! Il fallait les convaincre de mettre une sourdine à leurs récriminations jusqu'à la représentation du *Temple de la Gloire* devant le roi.

— Ce sont eux, dit Voltaire, ils le harcèlent! N'est-ce pas ce que vous auriez fait, à leur place, si cet homme avait séduit votre fille et causé sa perte ?

— Non, dit Émilie. Je l'aurais tué. Moi-même. De mes mains.

Elle s'empara de celle de l'écrivain pour l'entraîner vers leur carrosse. Il frémit en sentant les ongles s'enfoncer dans sa paume avec la fermeté des serres d'une aigle royale.

CHAPITRE SEPTIÈME

Où l'on voit Cendrillon faire son marché.

La boutique des Ventajour était à l'enseigne de *La Petite Pantoufle de Verre*. Une silhouette peinte montrait le majordome du prince charmant essayant le soulier de bal au pied de Cendrillon, souriante et radieuse d'avoir trouvé à se chausser si joliment à si bon prix.

On avait ajouté à la devanture un voile de crêpe et un petit écriteau où l'on pouvait lire : *La maison reste ouverte pendant le deuil.* Les meubles en bois vernis étaient couverts de souliers, tous plus jolis les uns que les autres, fins, dotés de petits talons arqués. Sur le comptoir, un portrait barré d'un ruban noir représentait une jeune personne en robe rose qui souriait.

Comme les chausseurs étaient accaparés par les clientes, Voltaire en profita pour faire un petit tour d'exploration. L'arrière-salle abritait les réserves, un atelier était installé dans le bâtiment sur cour, et, dans la cour elle-même, une peausserie sentait la bête morte : l'enfer jouxtait le paradis. On entendait les cordonniers raboter et clouer les semelles qui serviraient de socle aux élégantes.

Les Ventajour étaient tout en noir. C'était bien la même dame que chez La Popelinière, mais dans une version moins bien dessinée par le crayon et le fard à maquillage. Elle n'avait pas pris la peine de se pomponner avec autant de soin que les jours où elle s'en allait vitupérer dans les salons. Le côté « Cassandre prophétisant la chute de Troie » avait laissé place à une bonhommie commerciale sans éclat, voire même maussade. Sa coiffe était un napperon retenu par un foulard entortillé dont les extrémités formaient un gros nœud sous le menton. Ce n'était ni gracieux, ni gai, ni attrayant, à l'image de son humeur depuis le décès de sa fille.

Son mari était accablé d'un visage long dont les yeux penchaient vers l'extérieur, comme alourdis par les larmes. Son teint prenait une nuance rougeaude sur le nez et sur les pommettes. Peut-être buvait-il. Dans ce cas, c'était le soir, lorsque la nuit le livrait pieds et poings liés à ses regrets ; le jour, il était sobre comme un marchand trop occupé de ses chaussures pour remâcher sa peine.

— Qu'est-ce que vous avez, dans les nouveautés ? demanda Voltaire.

— Monsieur, nous ne chaussons que les dames, dit la Ventajour.

— Tant pis, montrez tout de même.

Certains modèles étaient ravissants.

— Les motifs de fleurs ne sont pas particulièrement féminins. Qui a dit qu'ils devaient être réservés aux femmes ?

— Le sens commun, dit M. Ventajour.

Il était hélas presque impossible à Voltaire d'y enfoncer son pied, et lorsque ce fut fait par un miracle de la souplesse du cuir et de la chair, chaque pas lui arracha une grimace. Ce n'était pas chaussé de la sorte qu'il allait poursuivre l'intolérance et bouter la superstition hors du royaume.

— Quelle idée de tailler si serré ! Qui peut supporter cela ?

— Les femmes, dit Mme Ventajour.

Il recommanda qu'on les lui élargît et tira d'emblée de sa bourse un louis d'or qui effaça toute trace de désapprobation sur la figure des commerçants.

Les Ventajour étaient très fiers d'avoir supprimé la pièce relevée qui montait sur le devant de la cheville à l'époque pas si lointaine de Louis XIV. Après avoir progressivement rabattu ce lambeau, ils avaient décidé de le faire disparaître. Cela mettait en valeur la boucle d'émail, de métal ou de verroterie qui ornait désormais le soulier comme un diamant sur sa monture.

— J'aime beaucoup celui-ci, dit l'écrivain. Ne pourriez-vous m'en fabriquer un exactement pareil ? Mais non pointu. Avec un talon plus bas. Et dans un cuir plus sombre.

— Une chaussure d'homme, en quelque sorte ?

— Mais en plus raffiné, avec un je-ne-sais-quoi de subtil, de mystérieux, de complexe…

Il voulait un soulier qui exprimât sa philosophie. La maison proposait aussi des escarpins lacés, on avait pensé au petit peuple qui ne pouvait s'offrir des boucles en argent.

— Montrez, montrez ! dit Voltaire. Je suis pour l'égalité des pieds !

Ils avaient des babouches en satin, des mules plates que l'on pouvait assortir à sa robe sur commande.

— Ah ! dit Voltaire avec un soupir. Si seulement j'étais venu pour des chaussures !

On s'étonna, il se faisait présenter des modèles depuis une demi-heure.

— Et pourquoi donc, alors ?

Il venait se renseigner sur les causes de leur différend avec un certain ténor de l'Opéra.

— Ah ! L'assassin ! dit Mme Ventajour tandis que son mari soupirait.

Après que leur fille avait été retirée de la Seine, ils avaient voulu poursuivre cet individu pour subordination de jeune fille. On les en avait dissuadés. Ce décès avait été classé en « accident ». Accuser Jélyotte de l'avoir poussée au désespoir aurait provoqué la requalification de sa mort en suicide, une catastrophe. Julie aurait alors été jugée comme meurtrière d'elle-même, condamnée à une peine d'exposition publique infamante, privée d'inhumation en terre consacrée, exhumée de l'église Sainte-Aldegonde où elle reposait et jetée dans n'importe quel trou au bord d'un champ.

Voltaire compatit. Ils vivaient hélas en un temps où un consensus convenable était préféré à une vérité dérangeante. C'était l'histoire de sa vie.

L'impossibilité des poursuites les minait. Il leur restait heureusement leur fille aînée.

— Une bien belle demoiselle, dit Mme Ventajour. Solide, charpentée, conformée pour donner à son mari une ribambelle d'héritiers. Ah ! Il aura bien de la chance, celui qui l'aura pour compagne !

Le visiteur eut l'impression que ce n'était plus des souliers qu'on essayait de lui vendre. La gamme de la boutique venait de s'élargir à un article différent.

Les Ventajour rêvaient d'un gendre susceptible de reprendre leur commerce.

— Nous voudrions un homme de goût, éduqué, doté d'imagination et du sens des affaires, qui tirerait notre établissement vers le haut.

Leur projet était de chausser la Cour. La Ventajour guignait le lutin en perruque poudrée.

— J'ai l'impression que vous vous y connaissez en cuir, vous.

— Non, pas du tout, pourquoi, pas du tout.

— Cela s'apprend très vite, dit le père Ventajour.

Le philosophe était aussi à l'aise que Suzanne surprise au bain par les vieillards libidineux. Il déclara qu'il était déjà marié à Mme du Châtelet. Il était venu redresser des torts, non se lancer dans la bigamie. La mention des torts à redresser le fit prendre pour un émissaire de Jélyotte chargé de les dédommager discrètement. À moins qu'il ne fût un avocat à la recherche d'une cause perdue.

— C'est Évrard Cordebœuf qui vous envoie? demanda Ventajour.

Une éventualité plus atroce frappa l'esprit du pauvre père.

— Vous n'êtes pas policier, j'espère!

— Non, non, je suis philosophe.

— Ah. C'est quel grade par rapport à commissaire?

— C'est plus haut.

L'abbé Cordebœuf avait été le maître de musique de leur pauvre Julie à la Petite Académie des filles jusqu'au jour du drame. Depuis lors, il poussait les parents à traîner le suborneur devant le Parlement de Paris, ce qui témoignait de la part de M. l'abbé d'un sens de la vengeance façon Ancien Testament, œil pour œil dent pour dent, plutôt que du pardon prôné dans le Nouveau. Depuis huit jours, il recrutait des bataillons d'avocats et les leur envoyait. Ces messieurs les incitaient à s'engager dans des actions douteuses, périlleuses et onéreuses. De son côté, Cordebœuf se répandait dans Paris pour tenter de changer cette catastrophe intime en scandale public. Hélas, jusqu'à présent, les Parisiens lui préféraient le ténor, à lui et à toutes les petites filles désespérées. Il n'y avait rien dans tout cela que d'affligeant.

Pour la justice, Julie s'était noyée dans la Seine à la faveur d'un regrettable accident. Ses parents ne faisaient pas la tête d'un « regrettable accident », ils faisaient la tête de quelque chose de pire. Leur Julie s'était prise de furie pour le chanteur à la voix d'or. Jamais elle ne manquait un récital, quitte à devoir se glisser par surprise dans les résidences où il se produisait.

— Qui sait à quelles folies sa passion l'a conduite ! dit Mme Ventajour en se tamponnant le coin de l'œil avec un mouchoir.

Elle avait la mine de quelqu'un qui sait très exactement à quelles folies les passions conduisent les jeunes filles. Elle n'avait hélas pas prévu que ce serait à la morgue.

— N'y a-t-il pas eu des signes avant-coureurs ? demanda l'enquêteur philosophique.

— Aucun ! Elle était heureuse ! Pleine de vie ! Et soudain…

— Plouf, compléta Voltaire, qui connaissait la fin de l'histoire.

Des bottines identiques à celles de la disparue trônaient sur un présentoir.

— Je comprends votre douleur. Les noyés ne sont pas beaux à voir. Le courant l'avait jetée contre un pilier du pont au Change. Ils ont eu le plus grand mal à la haler jusqu'au quai à l'aide de perches. Elle était toute bleue, un peu comme vos pantoufles, là. Vous les faites en plus large ?

Les sanglots de Mme Ventajour s'interrompirent, elle le regardait avec des yeux ronds et rougissait.

Voltaire ne vit pas la nécessité de prolonger cet entretien qui remuait tant de souvenirs pénibles, il demanda pour quel jour sa commande serait prête et laissa les boutiquiers à leur tristesse.

Il avait envie d'entendre la version de Cordebœuf. Toute histoire pouvait être interprétée de manières presque opposées, il l'avait démontré en présentant à sa façon les théories de Newton. Il venait d'écouter les trompettes angéliques des marchands de chaussures, l'heure était venue de subir les meuglements infernaux de l'abbé en colère.

CHAPITRE HUITIÈME

Où Voltaire entrevoit le crapaud sous les oripeaux du prince.

La Petite Académie des filles était l'endroit où les demoiselles de bonne famille venaient apprendre la flûte, la harpe, le violon ou le clavecin sous une effigie de sainte Cécile martyre, patronne des musiciennes. C'était une école bourgeoise. Pour les personnes de la noblesse, les maîtres se déplaçaient et donnaient les leçons sous l'égide d'une gouvernante qui gardait un œil sur son tricot, l'autre sur les convenances.

Voltaire entra dans la salle où Évrard Cordebœuf, compositeur en soutane, était est en train d'infliger une dictée musicale à ses élèves. Seuls son plastron empesé, son tour-de-cou et ses manchettes mettaient un peu de blanc dans son plumage de corbeau. Il s'abstenait de porter perruque, soit par économie, soit pour se conformer aux recommandations de modestie édictées par l'Église, plus probablement pour se donner un genre rebelle qui sied à ceux que les conventions ont mal servis. C'était tout l'inverse de Voltaire, qui s'appropriait ces conventions pour s'en faire des armes et, en fin de compte, les retourner contre ceux qui les lui imposaient. Il y avait de l'insurrection dans la perruque de Voltaire, dans ses dentelles, dans ses broderies, tandis que l'absence de tout cheveu sur le crâne de Cordebœuf n'exprimait que le renoncement.

— Qué vouvoulé ? lui lança le héraut du solfège. Chuis trésoccupé voyépas ?

Voltaire se présenta comme l'auteur des *Lettres philosophiques*.

— J'en ai entendu parler, répondit le compositeur, du ton de quelqu'un qui ne s'intéresse pas à grand-chose de plus durable qu'une triple croche.

Par bonheur, un véritable écrivain trouve toujours moyen d'inventer un cheval de Troie pour franchir la muraille de l'indifférence.

— Je voudrais concevoir un ouvrage dans le genre des *Lettres persanes* de Montesquieu, mais avec un musicien comme héros. J'y poserais de grandes questions existentielles telles que « comment peut-on être persan ? », mais avec un clavecin. Vous voyez ?

— Parfaitement ! répondit Cordebœuf. Prenez donc un siège, cher ami !

Voltaire posa son arrière-train enrobé de soie sur l'une des petites chaises de piano en bois doré. Son interlocuteur fit signe aux demoiselles de débarrasser le plancher et se mit de lui-même à pianoter ses plus belles compositions. Il avait paraît-il eu son heure de gloire dans les grandes salles, la Cristaldi l'avait chanté, il avait été joué jusque devant l'archevêque à l'occasion de la semaine sainte.

— Vous reconnaîtrez sûrement cet air.

Il interpréta plusieurs mélodies dans ce style de Lully qui était déjà démodé du temps de Lully.

— Dieu que c'est beau ! dit Voltaire.

— C'est le thème de l'introït de mon *Beatus vir*.

— Dieu Dieu Dieu ! répéta Voltaire.

La musique était pour M. l'abbé une joie et une souffrance.

— Ah ! Si je n'avais pas été contraint d'entrer en religion, quel compositeur eussé-je été !

On lui proposait heureusement une séance de rattrapage avec le livre de Voltaire. Ce dernier se dit que le petit collet et le pourpoint noir des religieux n'avaient pas empêché Vivaldi de composer. Peut-être avait-il manqué à Cordebœuf quelques gondoles pour laisser un nom dans l'histoire. Voltaire vit moins en lui le compositeur entré dans les ordres que l'abbé frustré, moins cela que l'artiste amer, moins l'artiste que le tâcheron, et seul un reste de compassion l'empêcha de descendre jusqu'au raté.

Il l'interrogea sur sa vie exaltante de maître pour musiciennes en herbe.

— Dites-moi tout : l'enseignement, les demoiselles, les chanteurs de l'Opéra…

La Petite Académie dépendait de la grande, celle qui employait Jélyotte. Les musiciens professionnels patronnaient les élèves, qu'on employait parfois dans les chœurs. Ils donnaient en échange d'agréables concerts au profit de l'institution et de ses professeurs méritants.

Quand Voltaire mentionna le triste décès d'une de ces jeunes personnes, Cordebœuf se rembrunit.

— Ne m'en parlez pas, c'est le tourment de ma vie.

Il était au contraire d'humeur à en parler beaucoup, à tout Paris, continument. Quelle pitié !

On élevait des gamines, on leur consacrait son temps, on leur offrait le meilleur de soi, on les initiait à l'art ! À la beauté ! Et puis, quand elles étaient à point, un goujat survenait, un rustre, un butor, il vous en croquait une sans vous laisser autre chose que vos souvenirs ! Jélyotte leur avait fait l'honneur de chanter pour eux. L'honneur ! Cordebœuf avait préparé ses élèves les plus motivées. Julie avait tenu la partie de clavecin pendant que l'infâme roucoulait comme un pigeon en rut. Il enroulait sa voix autour des accords de la jeune fille, il butinait ses arpèges, il emportait son cœur dans les arias, entre ses griffes. Et, pour finir, il avait dévoré le tout ! Cela avait été une soirée magique, leur entente mutuelle était ensorcelante, ils se complétaient, elle de ses doigts, lui de sa gorge. De la magie ! Les envoûtements d'un sorcier libidineux et maléfique !

— Vous êtes contrarié, constata Voltaire.

Cette colère sentait la lettre anonyme pleine de menaces, la dénonciation tous azimuts, la diatribe rageuse qui poursuit le séducteur jusqu'à Saint-Merry, pendant le concert, avec des promesses de damnation éternelle. Cordebœuf avait lancé contre son ennemi les Érinyes, les juges, les prêtres et les neuf Muses. Il se faisait d'autant plus de reproches que ce drame s'était produit par sa faute. Sans lui, sans ses leçons, sans ses encouragements, jamais ces deux-là ne se seraient rapprochés. Il n'y a rien de mal à ce qu'un papillon soit amoureux d'une flamme tant que les deux ne se rencontrent pas. C'était à quoi aurait dû songer le directeur de l'Opéra, ce fourbe de Berger.

Voltaire sentit que Cordebœuf avait éprouvé pour son élève de tendres sentiments qui avaient tourné à la jalousie. Jélyotte la lui avait prise pour toujours. L'abbé tira d'une poche de son gilet un médaillon sur lequel il se mit à sangloter comme un homme qui a tout perdu. C'était une miniature du portrait orné de crêpe qui trônait sur le comptoir des Ventajour.

— Se tuer pour ce mufle-là ! Pour une impression d'homme ! *Mea maxima culpa !* À force de m'entendre répéter qu'il n'y a rien de plus important que la musique, elle s'est éprise d'une voix !

— Ainsi vous ne croyez pas à l'accident…

— Comment donc ! Elle a fini comme toutes les victimes d'un amour déçu ! C'est une Ophélie !

Voltaire imagina Jélyotte en Hamlet, le corps de sa fiancée dérivant avec le courant, parmi les nénuphars, ses longs cheveux flottant à la surface de la rivière. Il se rappela la malheureuse qu'il avait vue coincée contre un pilier au milieu d'un fleuve couvert de détritus, sa dépouille hissée sur une vieille barque entre les mains rugueuses des bateliers... Il fallait au moins être Shakespeare pour donner un tour poétique à ce tableau.

— Julie était folle de cette brute, dit Cordebœuf, il n'aurait eu qu'un mot à dire pour l'entraîner chez lui.

— Ce mot, croyez-vous qu'il l'ait prononcé ? s'enquit le philosophe.

— Allez savoir !

La belle naïve avait pu se tuer par déception d'avoir été rejetée ou par humiliation d'avoir cédé. Qu'il ait profité d'elle ou non, c'était lui le coupable. Il devait payer ! On allait s'assurer que cela se produise ! Comment supporter que les suborneurs parviennent à détruire la jeunesse sans payer le prix de leur méfait ? Il fallait bien que la beauté se venge, l'art était un rempart contre la barbarie des créatures égoïstes et laides.

L'opinion de Voltaire était faite. Il fallait dissuader ce compositeur de harceler Jélyotte. Il rassembla les rares traces de rouerie et de cynisme qu'il avait en lui.

— Le pardon est divin, monsieur l'abbé. Pensez à Notre Seigneur Jésus-Christ qui a tendu la joue gauche.

— Ce n'est pas d'une joue que nous parlons !

D'ailleurs, il avait d'autres griefs contre Jélyotte. Lui aussi avait payé le prix !

— Ah bon ? Vous aussi…

Voltaire avait du mal à imaginer l'abbé séduit et abandonné par l'insatiable ténor.

Jélyotte avait chanté sa musique, au début, lorsqu'il flattait tous les compositeurs de Paris pour se chercher des alliés. Sa carrière lancée, il n'avait pas tardé à laisser tomber d'anciens appuis devenus inutiles. Il ne chantait plus jamais une note de Cordebœuf et répétait à l'envi que la France n'avait qu'un seul compositeur : Jean-Philippe Rameau !

— Jélyotte m'a renvoyé aux oubliettes de la musique ! Et maintenant il me tue mes élèves ! Tout ça à cause d'un Grichon !

— Plaît-il ?

Le vrai nom de Jélyotte était Grichon. C'était le nom de son père et de tous les Grichon avant lui. Il avait préféré prendre celui d'une terre que sa famille possédait à la campagne. Cela s'écrivait Géliot, il avait modifié l'orthographe pour mieux placer une particule devant. Quelle fatuité !

— Il n'y a pas plus vaniteux que les artistes, conclut l'abbé.

— Ne mettons pas tout le monde dans le même sac, dit Voltaire en replaçant quelques boucles de faux cheveux poudrés qui tombaient de travers.

Il était persuadé d'avoir identifié le fauteur de troubles qui lui gâtait son ténor juste avant la représentation devant le roi. Aussi fut-il fort marri d'entendre Cordebœuf lui fournir de nouvelles brassées d'arguments qui pointaient dans d'autres directions. Mlle Ventajour et lui n'étaient pas les seules victimes de l'infâme Jélyotte.

— Ciel ! dit Voltaire. Mais cet homme est le plus grand satyre de France !

Il y avait aussi ce castrat célèbre, Il Piccolino. Lorsqu'il avait débarqué de sa province natale, Jélyotte n'était pas encore le merveilleux technicien de l'art lyrique qu'on admirait aujourd'hui. Il avait convaincu le virtuose de la trille, le César des arpèges, le grand Piccolino. L'Italien l'avait pris sous son aile, l'avait formé, l'avait imposé dans ses récitals, lui avait mis le pied à l'étrier.

— Voyez-vous, dit l'abbé, je suis moi-même un pédagogue, on ne me trompe pas. Voici vingt ans que j'enseigne la musique, je sais reconnaître les progrès d'un élève sous la férule du maître adéquat. Entre professeurs d'exception, nous nous reconnaissons. Piccolini a accompli un miracle, il a ramassé un caillou et en a tiré tout le brillant possible. La beauté d'un diamant tient aussi au tailleur qui lui a donné mille facettes.

Cordebœuf était certain d'avoir reconnu dans la maîtrise de Jélyotte cette fameuse technique réservée aux petits Napolitains mutilés. À force d'exercices, Piccolini avait fait de son protégé un chanteur d'exception, capable de chanter avec la virtuosité d'un castrat, mais dans la tessiture du ténor. Il avait inventé ce chanteur unique que le public attendait. Il avait créé un monstre. Pour y parvenir, il avait trahi ses serments, ses maîtres, l'institution à qui il devait tout, et s'était trahi lui-même. Il avait révélé des secrets qui ne pouvaient être transmis que de castrat en castrat. Il avait pillé le trésor de Naples. Il avait ouvert la caverne d'Ali Baba à un voleur sans scrupule. Il lui avait dévoilé un mystère dont Jélyotte n'avait pas eu à payer le prix. Ce prix, c'était Piccolini qui le payait à présent. Et sans toucher la moindre récompense pour son forfait ! Ces roucoulades, ces trilles interminables, ce souffle qui ne faiblissait jamais, cette façon de sauter sans peine du grave à l'aigu, cette aptitude à décrocher les notes les plus hautes sans atténuer la qualité du son, cette souplesse, cette énergie… Tout cela était jusque-là réservé aux pensionnaires de la *scuola* Sant'Angeli de Naples, depuis dix générations, à l'abri de murs impénétrables !

Voltaire songea que ces dix générations constituaient un record pour des gens incapables de se reproduire.

Située dans un monastère sur la colline de Capodimonte, cette école était aux chanteurs ce que l'Olympe était aux païens, le mont Athos aux orthodoxes ! On prétendait que les maîtres y conservaient les secrets millénaires qui avaient permis à la fée Morgane d'envouter l'enchanteur Merlin ! À la reine de Saba de séduire Salomon ! À Dalila de dominer Samson ! Le secret de la voix d'or irrésistible !

« Et pourquoi pas aux sirènes de fasciner Ulysse ? », se dit Voltaire *in petto*.

Les castrats de Sant'Angeli prêtaient deux serments. Le premier quand ils étaient admis : ne jamais dispenser à un homme entier ou à une femme l'enseignement dont ils allaient profiter. Le second, une fois leurs études terminées : ne jamais trahir leur confrérie, sous peine de subir mille malédictions

— Je dois admettre que ce n'était pas de vains mots, conclut l'abbé.

Voltaire s'étonna. Il avait vu Piccolini en concert, il semblait aller aussi bien que possible pour un homme qui n'est plus vraiment un homme.

— C'est une chiffe ! Il est ravagé ! Fini ! N'avez-vous pas remarqué son port efféminé, cette passion pour les fanfreluches qui témoigne de son désarroi, ce désespoir qu'il tente de dissimuler sous un maquillage outré, et cette poudre dans ses cheveux ! De la cendre sur une momie ! Ces plumes, ces rubans ! Ce qu'il cherche à farder, c'est son manque de foi en lui-même !

— Croyez-vous ? dit Voltaire.

— En plus, il boit. Ça ne fait pas de bien à ses cordes vocales. Plus il perd ses moyens, plus il s'enivre. Il est entré dans un cercle vicieux qui ne laissera de lui que des miettes. C'est la vengeance des anges !

Jélyotte ne s'était pas astreint à une discipline de fer sous la férule d'un maître exigeant pour rester le deuxième derrière Piccolini. Il avait voulu cueillir les fruits de ses efforts. La récompense qu'il convoitait, c'était la première place. Or la comparaison de leurs deux voix lui nuisait. Il ne devait rester qu'un seul détenteur des secrets de Sant'Angeli.

— Voilà comment il s'y est pris. Il Piccolino devait tenir le rôle-titre dans *Dardanus*, le nouvel opéra de Rameau. C'était l'assurance de prolonger sa carrière pendant dix ans. Jélyotte a convaincu le castrat de le présenter à Jean-François Berger, le directeur de l'Opéra, qui l'a à son tour présenté à Rameau. Jélyotte a fait étalage de sa maestria – une voix de castrat capable de chanter dans le registre du ténor ! Sans les affèteries des Napolitains ! Avec un timbre plus viril, qui monte dans les aigus aussi aisément qu'il descend dans les graves ! Piccolini lui avait fait répéter un air de Rameau, il pensait lui obtenir un petit rôle. Voilà que Rameau s'exalte ! Il a trouvé son Dardanus ! Terminé, les faussets ! Son chanteur principal chantera à la française avec une technique italienne ! Piccolini s'entend annoncer qu'il a perdu le premier rôle. En remerciement de ses bons services, le directeur lui propose de jouer les faire-valoir. En jupons ! Un rôle travesti ! Jélyotte sera le prince, Piccolini jouera la sorcière du deuxième acte ! Celle qui périt dans les flammes en poussant des cris ! Piccolini déclare qu'il aimerait mieux sauter dans un vrai bûcher. Il leur lance à la figure un tombereau d'injures en langue napolitaine, puis il court chez le fermier général La Popelinière pour se plaindre, pour le convaincre de retirer son financement, pour obtenir son soutien… Il y trouve Jélyotte, en train de faire son numéro de charme dans les oreilles de Mme de La Popelinière ! Que peut-il, lui, pauvre vieille chose fatiguée, avec ses plumes, sa poudre, ses faux cheveux et son maquillage outré ?

— Oui, bien, passons, dit Voltaire.

— Le même jour, le castrat s'est fâché avec le principal compositeur et avec le principal mécène ! Il ne chante plus que les rares fois où on l'invite, à moitié par pitié, à moitié par l'effet d'une curiosité malsaine, pour voir s'il arrivera à pousser son fameux contre-ut. L'homme est une méchante bête, monsieur. Si nous vivons dans le meilleur des mondes possibles, je demande à voir comment sont les autres.

Voltaire promit de transmettre à Leibniz.

— Désormais, Jélyotte n'a même plus à se donner la peine d'écarter son rival. Il lui suffit de réussir quelques exercices enseignés par Piccolini : l'Italien en est si marri qu'il n'arrive plus à sortir une note juste. Faire ça à la musique ! À l'art suprême ! À cet art qui écrase tous les autres : peinture, sculpture, littérature...

Voltaire avait des réserves sur ce point. On n'avait jamais vu une chanson, si dansante fût-elle, abolir la superstition ou faire progresser l'intelligence. Pour le reste, la manœuvre de Jélyotte était d'une imparable cruauté.

— Quelle horreur ! s'exclama-t-il.

Mais quelle ingéniosité ! Il y avait de quoi regretter qu'un sens aigu de la morale et de l'équité vous empêche de vous livrer à de telles manipulations pour favoriser, par exemple, la diffusion de vos idées dans les hautes sphères.

Ce qui fâchait le plus Évrard Cordebœuf, c'était qu'aucune publication, autorisée ou non, n'avait jamais rien voulu révéler des vilénies de Jélyotte, de sa fourberie, de ses crimes. Seule *La Feuille de Hollande* avait accepté de publier quelques vérités sur ce ténor, parce qu'elle s'imprimait à l'étranger.

— Ah ! Je connais ! dit Voltaire. Ce sont des sacripants qui ont osé répandre des mensonges sur certains de mes livres !

Une fois sorti de la Petite Académie, il réfléchit au danger de la tâche qu'il avait entreprise. Ce Jélyotte savait se choisir de puissants protecteurs, il louvoyait dans tous les cercles, il trompait son monde, il était redoutable. Quelle chance qu'il ne se soit intéressé qu'à la musique ! Mais ses indélicatesses lui valaient aussi nombre d'ennemis. Combien d'entre deux avaient décidé de saper sa réussite ? Voltaire n'aurait pas parié sur la carrière d'un tel individu. Pour durer, il fallait se faire des amis. Il en savait quelque chose, lui qui en avait si peu.

CHAPITRE NEUVIÈME

Où Voltaire pérégrine allegro pianissimo.

Construit sous François Ier, le quai de la Mégisserie s'étendait entre le Pont-Neuf et le pont au Change. À cet endroit s'élevaient, sur la rivière, neuf moulins à eau. Les mercredis et les samedis s'y tenait un marché d'arbres, de fleurs et de jardinage. Le dimanche matin, c'était une foire aux oiseaux, notamment aux pigeons. On y trouvait le reste du temps, près de la pompe de la Samaritaine, toutes sortes de batteries de cuisine et d'ustensiles vieux et neufs, des ferrailles et des curiosités. Cet endroit formait avec la galerie couverte du quai de Gesvres une sorte de magasin permanent qui se continuait jusqu'au pont Notre-Dame. Louis XIV avait fait don de ces berges au duc de Gesvres pour y bâtir ce quai soutenu par des voûtes qui étaient alors d'une entreprise audacieuse.

Voltaire s'y rendit à la recherche de cette *Feuille de Hollande* que lui avait vantée Cordebœuf. Ayant déniché ce journal clandestin vendu sous le manteau, il y découvrit en effet une page entière de révélations sur le célèbre Jélyotte. On l'accusait de s'être prétendu issu de la cuisse de Jupiter pour effacer le côté « saltimbanque » de son métier. En réalité, il était fils d'un bourgeois enrichi de la région toulousaine nommé Grichon. L'auteur de l'article précisait que le chanteur était l'enfant d'un deuxième lit, peut-être même adultérin, en tout cas né hors mariage. Cela n'était pas sans conséquence. Selon le droit en vigueur, il ne recevrait rien du patrimoine paternel, son demi-frère du premier lit serait seul héritier. Voltaire songea que le chanteur avait intérêt à prendre soin de son papa qui le logeait et l'entretenait. Cela expliquait que le cher homme s'autorise à boire en public et à lutiner les partenaires de scène de son fils, celui-ci ne pouvait rien lui dire.

Ce tissu d'indiscrétions scandalisa l'écrivain. De quel droit reprochait-on aux gens de changer de nom ? De milieu ? De vêtements ? Comment osait-on discuter leurs mœurs ?

— Ah, non, ce n'est pas bien ! Quelle honte d'écrire ça ! Je suis sûr que c'est pire à la page suivante !

Perdu dans ses pensées, il ne s'aperçut pas qu'il était suivi par un ramoneur. À peine eut-il tourné le coin d'une rue déserte, l'écrivain sentit d'abord un parfum de violette, puis des coups de bâton. Certes, il était habitué, il avait fait rembourrer son manteau, c'était l'avantage de travailler dans la littérature : on était prévenu.

Alors qu'il tâchait de se défendre vaillamment, il remarqua, au doigt de son agresseur, une énorme chevalière. Le malotru renonça à prolonger une agression qui se révélait plus difficile que prévu, il partit en courant et disparut après avoir frôlé une dame aux traits dissimulés par une voilette, figée par la surprise et par la frayeur. Voltaire la vit sortir un pistolet de son sac à ouvrage. Il poussa un cri d'agonie.

— Vous êtes blessé ? demanda-t-elle.

— Il a fait un accroc à mon pourpoint !

Il lui fallait immédiatement de l'aide, c'était une urgence. Comment retourner place Vendôme dans cet état ? On ne le laisserait pas même franchir la rue Saint-Honoré ! On le prendrait pour un va-nu-pieds !

— Il faut recoudre avant qu'il ne soit trop tard ! Quand l'échancrure se sera élargie, son cas sera désespéré, aucune opération ne sera plus possible. Prenez pitié ! Sauvez ma liquette !

La jeune femme voulut bien l'emmener en un lieu où elle pourrait prodiguer les premiers secours à son pourpoint.

— Vous comprenez, lui dit-il en chemin, ce n'est pas n'importe quelle veste. La fibre a poussé sur ces collines chinoises où vit le ver à soie, elle a été tissée par les meilleurs artisans de Canton, la coupe a été opérée à Lyon et les broderies sont allemandes.

C'était Atlas, il portait l'univers sur ses épaules.

Lorsque Atlas fut sorti de sa transe vestimentaire, il s'enquit de leur destination. Il espéra que ce n'était pas trop loin et qu'il n'allait pas déranger le papa et la maman de sa bienfaitrice. Ils atteignirent le pont Notre-Dame. Cet endroit lui rappelait quelque chose, on lui en avait parlé récemment.

— Je vous conduis chez M. de Jélyotte, dit la jeune femme.

— Oh ! Quel honneur ! Il s'y connaît en couture ?

Reconstruit au XVIe siècle, le pont Notre-Dame reliait la rive droite à l'île de la Cité. Il comprenait deux beaux alignements de maisons ordonnancées et décorées. L'ensemble constituait une voie triomphale utilisée pour les réceptions solennelles. Les bâtisses étroites aux toits pointus étaient serrées en enfilade. Le rez-de-chaussée commerçant s'ouvrait en arcades, si bien qu'on avait l'impression d'être sur la place médiévale d'une ville du Nord, le beffroi à carillon en moins. Il ne s'agissait pas de constructions opportunistes, édifiées avec le temps par souci d'exploiter des terrains disponibles, mais bien de projets prévus dès l'origine pour financer la construction. Ces boutiques représentaient l'un des principaux centres marchands de la capitale. Une multitude de structures parasites appuyées ou amarrées aux piliers ajoutaient à ces activités. Outre la pompe monumentale qui fournissait l'île en eau potable, des moulins flottants, des bateaux laminoirs, des scieries, des grues pour mettre les embarcations en cale sèche avaient poussé en de nombreux endroits.

Ils pénétrèrent dans l'une des deux grosses maisons sur pilotis adossées au pont. Elle était vaste et on pouvait y faire autant de bruit que l'on voulait, travailler ses gammes, répéter les concerts, il n'y avait aucun voisin direct. La vue sur le fleuve était unique. Seule la pompe voisine faisait parfois du bruit. L'emplacement permettait à Jélyotte de prendre la rue Saint-Honoré pour gagner la salle du Palais-Royal tout en sifflotant l'aria qu'il allait interpréter sur scène.

La dame à la voilette pria Voltaire de lui remettre son habit.

— Mieux vaut que je m'en occupe moi-même, les domestiques feraient plus de mal que de bien.

L'écrivain ne voulait certes pas confier le sort de sa veste à une cuisinière ou à un valet. Il se retint de demander si la jeune femme avait un diplôme en chirurgie textile.

Elle sortit d'un coffre une boîte à ouvrage et s'attela au sauvetage, malgré la nervosité du plus proche parent de ce vêtement.

— Faites attention ! Manipulez-la avec soin ! Elle n'a pas l'habitude d'être brutalisée !

— Ne craignez rien, j'ai bon espoir de la sauver. Les travaux de couture font partie de l'éducation des demoiselles, vous savez.

— Envisagez-vous d'utiliser le point droit ou le nid d'abeille ? Pour ma part, j'aime le point zigzag presque autant que la dialectique.

Elle lui rendit bientôt sa veste, qui semblait comme neuve. La cicatrice était habilement dissimulée dans les broderies.

— Vous êtes une fée ! Puis-je connaître le nom de la magicienne ?

Il avait devant lui Héloïse Montretout, l'accompagnatrice du grand Jélyotte.

— Ah ! Vous touchez du clavecin !

— Oui, je touche.

Il se souvint l'avoir entendue jouer chez La Popelinière.

— Vous touchiez délicieusement.

— C'est ce qu'on me dit toujours.

— Permettez-moi de vous féliciter sur vos fiançailles. M. de Jélyotte est bien chanceux.

— Il ne s'est jamais plaint.

La boîte à ouvrage portait le chiffre *HM*. Voltaire constata que la petite fiancée était déjà installée.

— Les arpèges doivent rouler naturellement sous vos doigts.

— Et encore ! Si vous connaissiez mes nocturnes !

— Votre main fait-elle l'octave ?

— Je vais à la douzième[1].

1. Sa main couvre douze notes sur le clavier.

— Ah. Elles sont grandes. Souples. Et musclées. Ce doit être utile pour le doigté.

— Il faut aussi les avoir très douces. Laissez-moi vous montrer.

Elle se mit à lui masser la nuque. Il ronronnait comme un chat. La pensée lointaine de la belle Émilie lui traversa l'esprit, mais de manière fugace : il était au pouvoir de l'instrumentiste. Qui aurait eu la force de résister à des mains dont le petit doigt pouvait frapper un sol tandis que le pouce pressait encore le do ? Il se sentait devenir un clavier d'ivoire. S'il avait été un éléphant, il l'aurait priée de prélever ses défenses pour perpétuer à jamais ce moment délicieux.

Une voix douce et apaisante lui demanda de quelle mission le directeur Berger l'avait chargé, ce qu'il avait appris sur le ténor et pourquoi il traînait dans son sillage.

— Je vois qu'Espérance Béranger a trop parlé, murmura le philosophe à demi assoupi.

— Espérance est l'honnêteté même.

— Mais elle a de grandes oreilles.

Il était pris en étau entre les mains de l'une et les oreilles de l'autre.

— Nous avons quelque chose en commun, dit la masseuse.

— Pas les facultés de séduction.

— Notre amour pour Jélyotte.

— Bienheureux homme ! Je me contenterais de la moitié de cet amour.

— Il faut le dire à Espérance.

— L'autre moitié.

Il ne parvenait plus à lui dissimuler le motif de son enquête, ce n'était d'ailleurs pas un secret bien mystérieux : il désirait savoir ce qui contrariait Jélyotte au point de menacer leur concert devant le roi.

— Rien ne contrarie Jélyotte, dit Héloïse. Pas tant que je serai là. Dites-moi tout.

— Volontiers.

— Je veux la vérité.

— La vérité est-elle autre chose qu'un point de vue ?

— Je parlais de vos motivations.

— Elles sont inavouables, dit-il en essayant de se saisir d'elle, mais elle lui glissa entre les doigts et posa à nouveau les siens sur sa colonne vertébrale, dont chaque os répondait comme la corde d'un instrument.

— Vous êtes gentille, murmura-t-il.

— Je suis sûre que vous aussi, vous êtes gentil.

— Pas tellement.

Elle pressa un peu plus fort, un peu plus bas, et lui ordonna de laisser son chéri tranquille.

— C'est Amable Grafouillière, votre chéri ?

Les mains s'arrêtèrent de pianoter. Elle était interloquée.

— Qui ça donc? demanda-t-elle d'une voix qui sonnait faux.

Il répondit que Grafouillière était un vieil acteur qui lui devait des sous et qu'on avait repêché pas loin d'ici.

Héloïse Montretout se redressa. La séance idyllique était finie. Voltaire se fit des reproches. Quelle idée avait-il eue de mentionner Grafouillière? Puis il songea qu'il valait mieux quitter ce logis avant le retour de l'ogre aux vocalises ; le chanteur risquerait de lui demander ce qu'il fricotait avec sa fiancée. Le petit Poucet remit ordre à sa vêture et prit congé.

Comme tous les amants coupables, il courut chez lui se faire réconforter par sa femme, c'est-à-dire par Mme du Châtelet chez le président Hénault. Le soir tombait, la pauvrette avait dû s'inquiéter et le souper serait froid.

L'appartement de la place Vendôme était illuminé, un brouhaha de conversations filtrait du salon où la table avait été dressée. Sous l'œil réprobateur des domestiques qui assuraient le service, plusieurs personnes partageaient un repas animé. La « pauvrette » sifflait du champagne.

Voilà donc à quoi s'occupait la fine fleur de la science pendant que les philosophes donnaient de leur personne au service du bien ! On courait un risque à s'éloigner longtemps des savantes douées d'une mémoire phénoménale : elles avaient tôt fait de vous oublier. Il en fut déconfit. Par bonheur, la philosophie était insubmersible. Il se composa une physionomie d'écrivain combattant et fit son entrée.

— Ah, mon ami, nous vous attendions ! dit sa marquise.

— Pour ouvrir la deuxième bouteille, précisa un monsieur.

— Par quelle haute occupation étiez-vous donc retenu, cher ami ? dit un autre.

— La poursuite de la Vérité, répondit le fer de lance du progrès en marche.

On lui fit remarquer que la Vérité avait laissé une trace de rouge sur les dentelles de son col. Cela aurait pu lui causer un problème avec le fer de lance de la physique newtonienne en corset. Néanmoins, l'arrivée de la deuxième bouteille noya les soupçons parmi les bulles, l'alcool étant le solvant de presque tous les maux.

CHAPITRE DIXIÈME

Où Voltaire apprend les secrets des castrats et du ris de veau.

Dans la grande salle de l'Opéra, Jean-Philippe Rameau s'apprêtait à lancer la répétition du *Temple de la Gloire* quand le claquement d'une porte anéantit sa concentration. Un monsieur braillait qu'il venait voir Piccolino Piccolini pour lui donner du poing sur le nez. Il fallut lui jurer que cet artiste ne chantait plus ici pour qu'il accepte de s'en aller.

Jean-François Berger expliqua à Voltaire la vie dissolue du Napolitain : trop d'aventures, trop de maîtresses. L'écrivain s'exclama.

— Comment ! Il peut avoir des relations physiques avec les dames ?

— Chez certains d'entre eux, la chose est possible. Ils ne peuvent pas enfanter, c'est tout.

— Nous vivons une époque extraordinaire, dit Voltaire. Ce castrat couche plus que moi !

Un musicien qui avait entendu leur conversation se leva et quitta la fosse. Rameau demanda pourquoi il lui manquait un basson.

— Je crois qu'il est allé tirer les oreilles du faux eunuque, répondit un hautbois.

Rameau soupira. Encore un naïf mal informé qui avait laissé sa femme folâtrer avec le castrat.

Marie Fel, la soprano, entra sur scène, suivie de Jélyotte.

— Ah ! dit Rameau. Voici le dessus, voici la taille[1].

— Elle est d'une petite beauté, dit Voltaire.

— Ça vaut mieux qu'une grande laideur, dit Berger.

Les chanteurs étaient en costumes « à l'antique ». Cela consistait à rajouter des plumes. On imaginait que les Romains faisaient l'élevage des autruches.

Marie Fel s'offusqua d'entendre Rameau s'adresser à elle par son prénom.

1. Équivalents de l'époque pour « soprano » et « ténor ».

— Ah, mademoiselle ! Quand une femme est appelée par son prénom, c'est qu'elle a réussi à se faire un nom !

Son ventre présentait par ailleurs une rondeur inattendue pour une allégorie.

— Je crois que la Gloire attend un heureux événement, dit Voltaire.

— Encore ! dit Berger. Et toujours pas mariée !

Jélyotte voulut plaider la cause d'une de ses amies qui avait passé une audition la semaine précédente et qui attendait une réponse.

— Je ne vais pas employer une vilaine voix assortie d'une jolie poitrine ! protesta Rameau.

— Que voulez-vous, mon cher, dit Berger, nous devons penser aux spectateurs des premiers rangs, ce sont eux qui payent le plus cher.

Il y aurait toujours de la place dans les chœurs pour une nymphe supplémentaire. Il fallait faire ce qu'on pouvait avec les arguments dont on disposait. L'Académie de danse avait plus de facilités : quand elle voulait augmenter le nombre des abonnés, elle raccourcissait les jupes des danseuses.

Pendu au pupitre de Rameau, un écriteau disait : *Vous êtes prié de laisser ma musique dans l'état où vous l'avez trouvée.*

— Il a un caractère impossible, souffla Berger à l'oreille de Voltaire.

— Oui, dit l'écrivain, ce n'est pas bien, il faut toujours être gentil avec tout le monde.

À la première pause, il entreprit de tester Jélyotte. Il cita Julie Ventajour, puis sa mère, la marchande de souliers, puis Évrard Cordebœuf, l'abbé haineux. Comme rien ne semblait le troubler, Voltaire mentionna toutes les personnes rencontrées ces derniers jours, jusqu'à Amable Grafouillière. Jélyotte ne broncha pas, mais quand il fut de retour sur scène pour son grand air, l'opéra de Rameau s'en ressentit. Où étaient les paroles pleines de gracieusetés écrites par le librettiste ?

— Foutographe ! Goguelu ! Manieuse de tuyaux de pipe ! Grosse ordure couleur de carotte ! Moisi trouvé dans de la paille ! Mine à chier dessus ! Graine de couilles !

— Je touche au but ! dit Voltaire. Nous y sommes presque !

— Ce n'est pas le souvenir que j'avais de votre texte, lui dit le compositeur.

Dans quelques jours, ils quitteraient Versailles pour aller ramer sur les galères du roi.

Voltaire se demandait ce qui avait pu mettre Jélyotte dans cet état. S'il proférait de telles horreurs au palais, c'est lui, l'auteur, que l'on accuserait de lèse-majesté. Impossible de traiter le roi de goguelu[1], même en mode mineur !

Jean-Jacques Rousseau se présenta à point nommé pour alléger l'atmosphère. Il désirait faire écouter à Rameau sa dernière composition.

— Mes musiciens ne sont pas préparés…

— Si, si, nous avons répété.

— Je vois. Allons ! Nous avons tous besoin de rire un peu !

Rameau suivit l'audition en épluchant la partition, après quoi il accusa Rousseau d'avoir puisé les bonnes parties dans des mélodies italiennes. Il honnissait le goût italien.

— Je suppose, dit Voltaire, qu'en musique l'expression « goût italien » n'a pas le même sens qu'à propos des mœurs ?

— Non, dit Berger, les blanches ne couchent pas avec les noires.

Les Italiens avaient développé un genre musical nouveau qui contredisait l'ancien pratiqué par les Français. Rousseau ne faisait pas preuve d'une grande habileté en jetant l'Italie aux oreilles de Rameau dans sa propre salle d'opéra.

1. Fanfaron.

— C'est vrai ? lui demanda Voltaire. Vous avez triché ?

Rousseau nia avec véhémence. Il s'était simplement inspiré de différents auteurs, avait revisité leurs œuvres, s'était livré à un exercice de ce qu'il appelait « intermusicalité ».

— Comme moi pour mes livres ! dit le philosophe.

Le cas de ce Rousseau n'était peut-être pas désespéré, il commençait à maîtriser les techniques de travail des auteurs qui réussissent.

Voltaire s'en fut dîner avec Jean-François Berger au Chapon Rieur, une rôtisserie où le directeur de l'Académie de musique avait ses habitudes. Il n'y avait au menu que des andouilles à l'anglaise – Voltaire avait longtemps vécu à Londres, les andouilles de ce pays ne lui faisaient plus rien –, des culottes de poulet aux oignons, des pattes de dindon en gelée, des têtes d'agneau au Pontife et des cuisses de dindon à la Gendarme, rien qui lui ouvrît l'appétit.

— N'avez-vous pas de lentilles ?

On lui présenta un pot de bouillon où flottaient de malheureuses fabacées cuites à l'eau. Sacrilège, hérésie, profanation ! Les fourneaux étaient au fond de la salle, il s'empara d'instruments pour montrer à ces messieurs comment composer de la vraie cuisine philosophique.

— Je vais vous préparer une fricassée de lentilles à la Platon !

Tout en hachant un oignon pour le mettre à rissoler dans du beurre avec de la farine, il reprocha au directeur de l'Opéra de lui avoir caché le suicide de la petite Ventajour. C'était un motif de contrariété tout trouvé, inutile de chercher plus loin. Soit Jélyotte éprouvait des remords insurmontables, soit il était accablé par les reproches publics de Mme Ventajour, soit il souffrait d'être poursuivi par la vindicte d'Évrard Cordebœuf, l'abbé aigri.

Lorsque la farine eut pris une jolie couleur rousse et que l'oignon fut presque cuit, Voltaire y jeta ses lentilles bouillies et ajouta du sel, du poivre, du fond de veau et de la sarriette.

Jean-François Berger ne croyait pas que le problème dût être cherché du côté des Ventajour. Jélyotte avait eu maintes aventures jusqu'à ses fiançailles avec la petite Montretout. Il passait d'une admiratrice à l'autre sans songer aux conséquences. Berger s'était même inquiété pour la santé mentale de son assistante, Espérance

Béranger, complètement obnubilée par le séducteur.

— Ne vous souciez pas d'elle, elle est incurable, dit Voltaire en ajoutant un filet de vinaigre dans la réduction de sa sauce dont il ôta la sarriette.

Heureusement, conclut Berger, leur cher ténor pouvait compter sur le soutien de son entourage. Grâce à son père et à Héloïse, on arriverait peut-être à donner à Versailles un concert qui ne finirait pas sur la paille d'un cachot. S'ils échouaient, Rameau n'aurait plus qu'à se reconvertir dans les chœurs de galériens.

Voltaire répartit ses lentilles dans deux assiettes en songeant qu'il n'avait pas l'âme d'un philosophe pour galériens.

Place Vendôme, chez le président Hénault, alors qu'elle fouillait accidentellement dans les affaires de son penseur favori, Émilie tomba sur les recommandations fournies par Grafouillière. L'une d'elles était rédigée sur un papier à l'en-tête de Grignion Belami, l'imprésario. Émilie se souvenait de l'avoir rencontré lors du récital chez La Popelinière. Elle ne croyait pas aux coïncidences, les coïncidences étaient en contradiction avec la physique, les principes de Newton ne prévoyaient rien pour elles : tout effet avait une cause, toute cause avait des conséquences.

« Bon ami » n'était plus jamais là. Et quand il rentrait, il avait du rouge sur son col. Quoi de mieux, pour intéresser un philosophe, que de lui offrir l'arrestation d'un criminel ? Elle allait se rendre chez ce Belami sous un prétexte et éclaircir cette affaire de vraie-fausse recommandation. Elle avait une chance de restituer à Voltaire la somme escroquée par Grafouillière, ou même d'apprendre ce qui avait causé la noyade du vieil acteur. Si l'imprésario avait trempé dans l'escroquerie, elle saurait bien lui faire rendre le pactole.

Elle chercha parmi le personnel du président Hénault une femme dotée de quelque talent. Lorsque les servantes furent alignées dans le salon, elle les pria de lui montrer ce qu'elles savaient faire : danser la gigue, chanter des comptines, jongler, jouer la comédie – cela, tous les serviteurs en étaient capables quand il s'agissait de lui expliquer qu'un chat inopinément surgi dans la cuisine avait brisé la vaisselle.

Elle en choisit une qui savait des chansons de son pays. Sa voix était aussi mélodieuse que ses casseroles, mais c'était mieux que rien.

— Parfait ! Vous viendrez avec moi.

— Puis-je demander à Madame où Madame compte m'emmener ?

— Chez un monsieur qui offre des carrières aux chanteuses !

Elle devait elle-même se déguiser en femme du peuple. Il lui fallait quelque chose de simple et d'un peu vulgaire. La femme de chambre était à peu près de sa taille.

— Vous aurez sûrement une robe à me prêter, non ?

CHAPITRE ONZIÈME

Où l'on jette des perles aux cochons.

Plus Émilie approchait du domicile de ce Grignion Belami, plus sa propre audace l'inquiétait. Et si ce monsieur avait assassiné le vieil acteur après avoir mal prisé qu'on utilise son nom pour escroquer des prêteurs ? Elle se fortifia l'âme en se remémorant le courage du grand Newton. Lui n'avait reculé devant aucune difficulté pour diffuser sa théorie de la gravitation, même si son livre ne s'était pas vendu à mille exemplaires. Rien ne résisterait à une physicienne armée de l'épée du savoir, protégée par le bouclier de la logique !

L'imprésario avait sa résidence dans un vieil hôtel particulier construit au XVIe siècle dans un quartier qui n'était plus aujourd'hui si brillant que sous le règne de Henri II. Les nouveaux riches de maintenant lui préféraient le faubourg Saint-Germain. Il ne restait plus ici que ceux qui avaient reçu ces murs pour tout héritage.

Un groupe de mauvais garçons traînait devant la maison. La rue était mal fréquentée, peut-être Émilie aurait-elle dû se munir d'une autre épée que de celle offerte par la réflexion.

Le vestibule avait de quoi mettre les visiteuses mal à l'aise. Il était orné de peintures où des nymphes étaient poursuivies par des faunes, autant de prétextes pour exhiber des chairs dévêtues. Elles pénétraient dans l'étable d'un cochon.

Derrière un bureau les attendait le secrétaire du cochon, ce Joseph Renonpin qui avait importuné la marquise lors du concert chez La Popelinière. Le jeune homme ne parut pas du tout la reconnaître. Elle se présenta comme une mère soucieuse de placer sa fille, elle venait de la part d'un ami, Amable Grafouillière. Ce nom ne fit pas broncher le secrétaire.

— Bien, bien, répondit-il sans cesser de les déshabiller du regard.

Il jaugeait leurs formes pour estimer si elles étaient bien faites, et la valeur de leurs vêtements pour supputer à quel point elles seraient prêtes à tout, malléables, à la merci de leurs employeurs, contraintes aux pires extrémités. Mais bien sûr ! On allait les recevoir ! Et sans rendez-vous !

Émilie profita de ce qu'il allait prévenir son maître pour fouiller le bureau à la recherche du papier à en-tête. Elle en trouva quelques feuillets parfaitement similaires à celui utilisé par Grafouillière pour sa recommandation.

Renonpin les introduisit dans un salon dont la décoration n'était pas plus gracieuse que celle du vestibule. On avait entassé là une collection d'art vouée à la présentation du corps féminin sous toutes ses faces. Grignion Belami ne reconnut pas non plus sous ces attifiaux de femme du peuple la marquise endiamantée qu'il avait croisée parmi les macarons du fermier général. Elle, en revanche, n'avait pas oublié cette figure de poisson à rayures. Sa perruque fauve extrêmement crêpée, rejetée vers l'arrière, donnait à Belami quelque chose d'un lion dont mieux valait ne pas s'approcher, quoique sans perruque l'effet aurait probablement été le même. Certains hommes inspirent la confiance, le respect, la sympathie, l'admiration. Devant Grignion Belami, les antonymes venaient tous à l'esprit. Ses gants de veau, sa veste en soie verte, les rubis de sa chaîne de montre suggéraient une réussite inquiétante dont on se demandait aux dépens de qui elle se bâtissait : des naïfs, des faibles, des femmes ou, tout à l'heure, de vous.

La servante dut faire étalage de sa voix de marmite. Ces messieurs l'interrompirent, pressés de louer ses talents.

— Belles aptitudes ! Qu'en pensez-vous, Joseph ?

Debout derrière elles, Joseph avait l'œil rivé sur leur postérieur.

— Très belles aptitudes, Monsieur.

Sur un signe de Belami, Renonpin quitta la pièce et ferma derrière lui. Elles étaient dans la cage au lion. Celui-ci ne tarda pas à tripoter la postulante sous prétexte de lui apprendre à se tenir sur scène. Il fallait se cambrer, cela faisait ressortir la poitrine ; ne pas hésiter à se trémousser pour mettre en valeur son popotin. Les gestes de la servante devenaient de plus en plus nerveux, Grignion s'attaqua à la mère.

— Et la maman, elle ne chante pas ? Je suis sûr qu'elle a elle aussi une bonne dose de talent dans les cuisses !

Au premier mouvement qu'il fit pour palper, il reçut un coup d'éventail sur le nez.

— On a de la repartie ! J'aime ça !

Mieux valait écourter cet entretien qui glissait vers le scabreux, d'autant que l'ignoble bonhomme commençait à se déboutonner. Émilie empoigna sa servante et l'entraîna dans le vestibule, où elles tombèrent sur Renonpin qui leur barrait la sortie.

— Hep là, mes tourterelles, où allez-vous donc ? C'est à Montréal qu'il faut courir !

Elles foncèrent dans l'escalier et se réfugièrent dans la première pièce ouverte, un cabinet de travail joliment meublé. Émilie chercha la clé pour verrouiller la porte. Point de clé. Elle l'avait laissée de l'autre côté. Elle l'entendit tourner dans la serrure.

— On vous ouvrira quand vous serez plus raisonnables ! dit la voix du secrétaire.

Émilie chercha de quoi se défendre sous les yeux agrandis par la panique de la servante. Elle ne dénicha qu'un chandelier, un coupe-papier émoussé et un coffre en fonte pourvu d'une énorme serrure. Peut-être, avec un peu de chance, contenait-il un ou deux pistolets chargés. Elle savait d'expérience, depuis qu'elle vivait avec un philosophe, que les verrous les plus impressionnants sont souvent les plus faciles. Une poignée de minutes plus tard, elle en venait à bout à l'aide d'une épingle à cheveux.

— Madame sait forcer les serrures ! dit la servante.

L'aura des marquises en prit un coup. À l'intérieur, point de pistolets ni de munitions, mais des documents. C'était utile aussi. Émilie avait entre les mains une correspondance avec les colonies françaises d'Amérique. Les femmes qui passaient ici y étaient envoyées sous prétexte de faire leurs premières armes dans des salles de spectacle où se pressait un public peu exigeant. Il ne fallait pas être grand clerc pour deviner qu'elles ne revenaient jamais. On comprenait entre les lignes qu'elles finissaient prostituées ou vendues et mariées. Un Québécois écrivait à Grignion qu'il avait besoin de dix donzelles d'ici l'hiver prochain : il avait sous le coude autant de trappeurs pressés de convoler. On payait en peaux de martres. Il en fallait aussi pour chanter, danser, servir à boire et assurer tous les divertissements. Le trafiquant de chair humaine joignait une liste de caractères physiques et moraux. On les aimait avec une poitrine avantageuse, il n'y en avait jamais trop ; elles ne devaient pas être trop rebelles ; de toute façon, une fois dans ces régions glacées, elles étaient à la merci de ceux qui leur procuraient un toit. Après tout, concluait le correspondant, ce n'était pas pire que de faire un mauvais mariage dans la campagne bourguignonne !

La marquise s'était mariée dans la campagne bourguignonne, au château de Cirey. On ne lui avait jamais demandé d'écorcher des ratons laveurs ou de cuisiner des tranches de caribou séchées !

Une autre liasse contenait des lettres de postulantes qui se leurraient sur ce qu'on leur proposait. Certaines désiraient venir à Paris pour rencontrer Jélyotte ou pour travailler à l'Opéra. Émilie se demanda comment on les persuadait de s'embarquer pour une tout autre sorte de carrière.

Il importait de s'échapper d'ici, pas question d'aller récolter les gourganes[1] en évitant les ours et les tamanoirs. La servante éclata en sanglots, ce qui n'était pas d'une grande aide. Heureusement, la noblesse de France possédait, elle, de vrais talents qu'elle ne se commettait pas à galvauder dans les bastringues. Ses parents avaient offert à Émilie un maître à chanter, l'heure était venue de mettre ces leçons à profit. Elle entonna

1. Fèves des marais.

l'air de Télaïre dans *Castor et Pollux*. Elle maîtrisait le beau style, sa voix était sonore et bien timbrée, elle impressionnait lors des goûters chez les duchesses, ce n'était pas deux petits escrocs de bas étage qui allaient lui apprendre le métier. Ceux-ci ne tardèrent pas à ouvrir la porte.

— Ah, mince, dit Renonpin, une vraie chanteuse. Le tarif va doubler !

Il imaginait déjà le succès qu'elle remporterait dans une taverne à matelots de Montréal, entre la cipaille[1] et le cidre de feu. Gros succès chez les bateliers du Saint-Laurent !

— Et tu connais aussi des chansons à boire, ma belle ? dit l'imprésario. Essaie de bouger un peu plus quand tu chantes, on n'est pas à la messe.

« Tu vas voir comme je bouge », se dit Émilie avant de brandir l'objet qu'elle cachait derrière son dos. Sa mélopée n'était qu'un piège, tous les hommes devraient s'y attendre depuis Ulysse. La sirène abattit le chandelier sur la tête du malotru selon les principes de la physique newtonienne appliqués à l'autodéfense. Grignion Belami chancela, tomba sur les genoux, malgré les efforts de Renonpin pour le retenir.

1. De l'anglais *sea pie*, tourte à la viande.

— Mais quelles furies ! s'écria le secrétaire. C'est aux Zoulous qu'il faut les vendre !

La servante jugea le moment propice pour se précipiter vers la sortie, elle bouscula les deux hommes et se rua dans l'escalier.

— Vous apprenez vite, la félicita Émilie.

Elles eurent bientôt regagné la rue.

— J'espère que Madame n'a pas frappé trop fort !

— Espérons que si.

Il ne lui semblait pas qu'on pût jamais frapper assez fort ce genre de personnage.

Les mauvais garçons de tout à l'heure traînaient encore dans les parages. Tomber sur la peste est toujours fort contrariant quand on fuit le choléra. Elles étaient sur le point d'être cernées par une horde hostile quand Belami surgit de chez lui et accourut vers elles, l'épée à la main et l'injure à la bouche.

— Chaudières à boudin ! Gueuses au litron ! Tireuses de vinaigre !

Il entra de cette manière dans le périmètre égal à la somme des côtés du polygone que les malfrats formaient autour d'elles.

— J'ai laissé son coffre ouvert, les informa Émilie. Il est rempli de louis d'or jusqu'à ras bord. C'est au premier étage, première porte à droite.

Le juron que lâcha Grignion Belami prit figure de confirmation. L'imprésario tourna les talons pour se réfugier dans sa demeure. Entre les gueuses et le nanti, le choix fut bientôt arrêté. Les bandits s'élancèrent après lui, Émilie crut voir briller l'éclat de quelques lames.

Les deux rescapées regagnèrent tant bien que mal le boulevard Saint-Marcel où les attendait leur voiture. Leur enquête venait d'avancer d'une grande saccade incontrôlée.

CHAPITRE DOUZIÈME

Où l'on discute assassinat et chicorée.

Émilie et Voltaire se firent servir leur petit déjeuner dans le beau salon bleu du président Hénault, café pour la marquise, chicorée pour lui. Une servante morose apporta des papiers sur un plateau d'argent.

— Une certaine Marie Veau a déposé un mot pour Monsieur. Il paraît que c'est une célèbre dramaturge.

— « Marivaux », en un mot, rectifia le destinataire.

La jeune femme ne s'était pas encore remise de son expérience dans l'univers du spectacle, le reste du personnel leur faisait grise mine encore plus que d'habitude.

— C'est curieux, dit Voltaire, je trouve les domestiques moins affables, aujourd'hui. Comme s'ils avaient quelque chose à nous reprocher.

En plus du billet de Marivaux, le courrier comprenait une lettre en provenance de l'étranger.

— Le roi de Prusse me convie à Berlin, ma chère amie ! Je me rappellerai son offre quand on m'aura fait trop de misères dans le beau royaume de France.

— J'ai toujours eu envie de visiter les Allemagnes, dit Émilie.

— Vous n'êtes pas citée. J'ai l'impression qu'il me veut seul.

— Dans ce cas, dites-lui qu'il n'est pas près de vous voir.

Voltaire n'avait aucune intention d'agir ainsi. En plus de la lettre, Frédéric II lui envoyait son portrait serti de diamants. L'écrivain était curieux de voir si d'autres diamants suivraient, même sans portrait. Il ne fallait pas décourager les mécènes qui offraient à la philosophie la protection de leur manteau d'hermine.

— Si on m'embête ici, hop ! En Prusse !

— Il ne saura pas si bien vous caresser que moi, dit Émilie.

— On prétend que si.

Il parcourut les *Nouvelles à la main*, feuille manuscrite que l'on s'échangeait pour être au fait des événements que la police interdisait d'imprimer.

— Quel scandale ! Il y a eu une tuerie rue Scipion !

La tasse d'Émilie se figea à mi-chemin du trajet qui menait à sa bouche.

— Vraiment, mon ami ?

— Un certain Grignion Belami s'est fait attaquer à son domicile.

L'article disait qu'il avait été « assommé » par des malfrats. « Assommé » voulait dire « assassiné », tandis qu'« assassiné » voulait dire « roué de coups ».

— Quelle horreur, dit la marquise.

Ainsi donc, les voyous n'avaient pas réussi à le dépouiller sans l'estourbir. Elle se demanda si le secrétaire Renonpin avait sauvé ses abattis. Voltaire poursuivit sa lecture.

— Il paraît que ce Belami recevait couramment des prostituées. Deux d'entre elles auraient été vues s'échappant de la maison au moment du drame.

— Quelle horreur, répéta la marquise.

— N'est-ce pas ce mécène qui était au concert chez La Popelinière ? Je n'aurais jamais cru ça de lui. Voilà ce qu'il en coûte de fréquenter des filles perdues !

La tartine d'Émilie se brisa en deux et la confiture se répandit sur la nappe.

— Peut-être ces malheureuses avaient-elles d'excellentes raisons de fuir. Peut-être s'agissait-il d'honnêtes femmes piégées par un monstre libidineux. Peut-être votre Belami a-t-il eu ce qu'il méritait.

Voltaire abaissa les feuillets qui lui masquaient sa marquise. C'était la première fois qu'il l'entendait prendre la défense de petites gens qu'elle ne connaissait pas.

— Qui était la deuxième femme, chère amie ? demanda-t-il tandis qu'elle lui servait sa chicorée.

— La petite Marguerite. Celle qui a une mine si chamboulée, ce matin.

— Ça alors ! Mais pourquoi l'avez-vous tué, cet homme ?

— Je ne l'ai pas tué ! Il voulait attenter à notre pudeur !

— Dans ce cas vous êtes tout excusée, vous avez bien fait.

— Je vous dis que je ne l'ai pas tué ! Ce sont d'ignobles petites crapules de son quartier qui s'en sont chargées !

— Vous savez, j'aurais pu vous indiquer des gens sûrs et pas chers – non que j'en aie engagé moi-même, nous ne faisons pas ça, dans la littérature. Mais j'ai ouï parler de certains confrères qui auraient été bastonnés par des vauriens. Je me suis renseigné sur l'adresse des vauriens, à toutes fins utiles. Je peux vous la donner, si vous voulez. Ça vous évitera de recruter n'importe qui pour supprimer les gêneurs de rencontre.

— Je ne connais pas ces assassins ! Ils sont entrés alors que je sortais, nous n'avons fait que nous croiser.

— Ma chère, soit dit sans vous juger, vous ne devriez pas fréquenter n'importe qui.

Pour toute réponse, elle lui montra le papier à en-tête qu'elle avait pris chez Belami. Il était identique à celui dont s'était prévalu Grafouillière pour soutirer quelques louis à un usurier nommé Voltaire. Elle avait voulu vérifier son intuition à la façon d'une théorie de physique : par l'expérience. Si elle avait su qui était ce personnage, elle se serait abstenue de mettre les pieds chez lui.

La mine de Voltaire n'était qu'épouvante.

— Quelle idée avez-vous eue de vous commettre chez ce ruffian ! Quelle inconscience ! Que vous est-il donc passé par la tête ?

Émilie resta interdite.

— Dois-je vous rappeler que c'était pour vous aider dans votre histoire d'escroquerie ?

Il avait déjà remarqué combien l'amour qu'elles avaient pour lui poussait les femmes à des folies.

— Ah, ma pauvre enfant, comme vous avez dû avoir peur ! La prochaine fois, prévenez-moi, je vous protégerai.

Elle prit une autre résolution. La prochaine fois qu'il lui parlerait de ses problèmes, elle lui conseillerait d'endosser une robe et d'aller se promener lui-même chez les maquereaux.

Il reprit la lecture de l'article avec un œil nouveau.

— Quel déchaînement de violence, quand même ! Rendez-vous compte que ce Grignion Belami a eu le crâne défoncé d'un coup de chandelier !

La marquise se demanda si c'était bien les malfrats qui avaient eu sa peau, tout compte fait.

Chaque matin, l'écrivain et sa marquise faisaient leur toilette dans la même pièce, c'était plus commode pour se faire apporter l'eau chaude. Un paravent les séparait, non pour la pudeur – il ne restait rien chez aucun d'eux que l'autre n'ait déjà vu à maintes reprises – mais pour maintenir les domestiques dans l'illusion qu'ils ne partageaient pas une si grande intimité.

Tandis que Voltaire se contentait de passer de petites compresses humides sur son corps d'athlète des belles lettres, ainsi que recommandé par la Faculté, Émilie n'hésitait pas à se plonger tout entière dans de l'eau chaude qui vous dilatait les pores au risque d'y laisser entrer toutes sortes de maladies. Son bon ami se tamponna les aisselles au talc parfumé, ce qui lui permettait de rester frais jusqu'en fin de journée. Ces petites astuces étaient essentielles dans la vie d'un penseur qui fréquentait les salons. On l'invitait pour sentir la puissance de sa philosophie, non autre chose.

En tout cas, la vie des danseuses et des chanteuses n'était pas de tout repos. Émilie s'abstiendrait désormais de les huer pour des fausses notes ou pour des entrechats qui s'achevaient dans la fosse d'orchestre. Il aurait été judicieux d'ajouter des démonstrations de matraquage aux leçons de ballet.

Tandis qu'elle réfléchissait à la dure condition des artistes, Voltaire cherchait à faire des rapprochements entre les dévoiements de l'impresario et les débordements verbaux du ténor. Ainsi donc, feu Grignion Belami faisait la traite des Blanches, de même que les armateurs nantais celle des Noirs ! Jélyotte n'était-il pas son complice ? N'arrondissait-il pas ses revenus en lui adressant de jeunes personnes énamourées que l'autre transformait en chair à mariage ? Le Canada, Saint-Domingue, les Amériques... Le royaume avait besoin de femmes partout ! C'était bon pour le commerce, pour la marine, pour l'armée, pour tout. La femme était le rouage indispensable de l'expansion française dans le monde. Hélas, elles ne voulaient pas y aller, on avait déjà eu du mal à y envoyer des hommes. La femme était la clé du développement de ces régions si l'on voulait y voir un jour autre chose que des castors.

— Je savais que ce Jélyotte était une crapule ! J'ai tout de suite senti en lui quelque chose qui m'a déplu !

— Sa beauté ? suggéra Émilie.

— Non, ce n'est pas ça.

— Son incroyable talent ?

— Non plus.

— Son succès auprès de la *gens muliebris*[1] ?

1. Les femmes.

Quelque chose commençait à lui déplaire chez elle aussi, ce ténor était contagieux, mieux valait changer de sujet.

De toute évidence, feu Grignion Belami était un individu dangereux. Il pouvait très bien avoir fait tuer Grafouillière pour le punir de lui avoir dérobé du papier à lettres dans l'intention d'escroquer d'honnêtes prêteurs. Voltaire devait bien l'admettre : si pacifique qu'il fût, ces malversations lui donnaient à lui aussi des envies de meurtre. Trahir la confiance de généreux bailleurs de fond ! Il fallait bien un jour que quelqu'un sévisse contre l'escroc. Les piranhas s'étaient dévorés entre eux !

— Allez-vous informer le lieutenant général ? demanda Émilie.

— Oui ! Sans faute !

Mais pas tout de suite. La prochaine fois que cet énergumène d'inspecteur Tamaillon l'ennuierait pour ses publications, il échangerait sa liberté contre des renseignements sur Belami. Au rythme où la police s'ingéniait à contrarier sa carrière d'auteur, cela ne pouvait être dans longtemps.

— Je ne serais pas surpris que Jélyotte soit complice du meurtre de l'acteur ! Voilà pourquoi il était si troublé pendant son récital ! Amable Grafouillière avait mis le pied dans leur petit manège, ils se sont débarrassés de lui ! Dans la Seine ! Là où tous les Parisiens jettent leurs déchets !

Il ajouta le nom du ténor à sa liste de dénonciations éventuelles. Il fallait œuvrer sans relâche en faveur de la justice, tel était le devoir d'un bon citoyen.

CHAPITRE TREIZIÈME

Où Voltaire se méfie des bonnes actions encore plus que des mauvaises.

Jean-Jacques Rousseau désirait soumettre à Voltaire le livret qu'il était en train de rédiger à sa place. Le philosophe le convia à dîner[1] chez le rôtisseur du coin afin qu'ils aient au moins quelque chose de digeste sur la table. L'endroit était plus agréable que les salons du président Hénault, où les domestiques vous servaient des soupes à la grimace et vous faisaient avaler des couleuvres dans une ambiance à vomir.

1. C'est-à-dire à déjeuner.

Il demanda au Genevois s'il était content des répétitions.

— Je me suis fait de nouveaux amis !

— Gardez quand même les anciens.

— Bien sûr. Il ne faut pas mettre tous ses vieux dans le même panier.

Rousseau avait couché sur le papier les conditions de leur collaboration.

— Je vous ai apporté un contrat social.

Il était embêté : Rameau s'était permis de retoucher les dialogues de Voltaire.

— Comment ça, retoucher ?

Son texte était en charpie, le compositeur avait prié quelqu'un de réécrire ce qui lui déplaisait. Voltaire s'insurgea.

— Est-ce que je réécris sa musique, moi ? Quel petit poétastre a-t-il chargé de ce massacre ?

— M. de La Popelinière.

Le fermier général. Le monsieur qui payait les décors, les costumes, les chanteuses.

— Oh, mais ils sont très bien, ces changements ! dit Voltaire. On ne va pas s'écharper pour trois virgules !

Il n'avait pas écrit cette œuvre pour l'amour de l'art mais pour entrer à la Cour ; ce n'était pas le moment de gronder le portier qui la lui ouvrait. Il espéra que Rousseau n'était pas contrarié de s'atteler à un fignolage accessoire.

— Non, non, dit le jeune homme, puisqu'il me permet de vous côtoyer !

Le terme « côtoyer » plut modérément. On ne côtoyait pas un maître, on le suivait comme on pouvait.

— Tout de même, c'est un travail de tâcheron, de sous-fifre, d'exécutant, de rapetasseur, cela fait de vous la cinquième roue du carrosse, ce doit être vexant...

— Non, non, répéta Rousseau, un peu moins enthousiaste que précédemment.

Il avait beaucoup apprécié l'argument du *Temple de la Gloire*.

— Votre pièce respire la morale naturelle, la bienveillance et la fraternité qui conduisent à condamner toute domination injuste et cruelle.

Voltaire se dit que cet homme était saoul avant même d'avoir commencé à boire. Rousseau déclara qu'il voulait conquérir Paris grâce à un procédé d'écriture musicale de son invention.

— Et vous comptez vendre cela à M. Rameau, qui a fait sa fortune avec l'ancien ?

Ils s'interrompirent, des échantillons de tout ce que contenaient les cuisines arrivaient sur la table.

— Qu'est-ce qu'un philosophe, selon vous ? demanda Voltaire.

— C'est l'homme qui ose tenir des propos insupportables à la société, répondit immédiatement Rousseau. Voyez Socrate et la ciguë !

— Faites attention à ce que vous mangez, dit Voltaire en lui présentant une assiette.

Il avait une infinité de petits conseils à l'usage des écrivains en devenir.

— Un auteur peut toujours compter sur l'effet de nouveauté, mais, hélas, il ne dure pas longtemps.

— L'effet ou l'auteur ? demanda Rousseau.

— Généralement, les deux.

Tout en dégustant son gâteau de saucisson à la crème de lentilles, Voltaire l'incita à lui narrer ses déceptions, ses espoirs, ses amours.

— Confessez-vous à moi, dites-moi tout.

Rousseau gardait ses confessions pour son lectorat.

— Nous avons tout pour nous entendre, dit le Suisse.

— Oui, dit Voltaire. C'est trop, je serais surpris que ça se produise.

La physique de Newton l'avait blasé.

— Depuis que j'étudie les sciences, je vois les hommes comme de petits champignons angoissés qui pullulent sur un caillou. C'est une notion que je dois à Mme du Châtelet.

Rousseau remarqua que son commensal triait avec soin sa nourriture.

— Vous ne pensez pas que vous allez vivre éternellement, j'espère ?

— Non, bien sûr, dit Voltaire en piquant une carotte nappée d'un velouté à l'esprit-de-vin. Mais, enfin, ça serait quand même l'idéal.

Rousseau lui demanda ce qu'il pensait de Marivaux, qui l'avait beaucoup attaqué dans les salons.

— Je n'en dirai rien, car il ne faut jamais s'en prendre aux auteurs, ils sont trop utiles à la société. Même quand ils dépassent les bornes. Même quand leurs propos sont de mauvais goût. Même quand ils incitent bassement le public à se moquer des malheurs d'autrui. Même quand ils le font pour se faire valoir auprès des puissants qui les stipendient. Jamais vous n'entendrez un mot de moi contre eux.

À force de faire de grands gestes au-dessus de la table, ils firent tomber un pichet de vin qui éclata sur le dallage. Le rôtisseur n'était pas content.

« C'est la faute à Rousseau ! », « C'est la faute à Voltaire ! », dirent-ils ensemble.

Un homme vêtu d'un sombre habit, sinistre à force de dignité, coiffé d'une perruque bon marché et démodée, un portefeuille sous le bras, bref un notaire, s'approcha de leur table et ôta son tricorne.

— Je prie ces messieurs de me pardonner, puis-je demander lequel de ces messieurs est l'éminent philosophe ?

Voltaire répondit que c'était lui ; l'autre n'était personne. Son interlocuteur arrivait de l'hôtel du président Hénault, on lui avait indiqué que le célèbre littérateur dînait ici.

— J'ai déjà eu l'honneur de vous être présenté, nous nous sommes rencontrés l'an dernier.

— Je ne me rappelle pas, dit Voltaire. Qu'écrivez-vous ?

— Rien.

— Ah, c'est pour ça.

Il était mandaté par un ami de feu M. Grafouillière Amable, illustre comédien de son état. Cet ami désirait apurer certain compte que l'acteur avait eu avec l'éminent écrivain.

Le notaire se tut, on pouvait lire sur son visage qu'il était gêné d'évoquer devant un tiers une histoire de prêt usuraire.

— Poursuivez, poursuivez, l'encouragea le financier d'occasion, M. Untel n'écoute pas.

Rousseau se concentra sur ses haricots pour n'avoir pas l'air de quelqu'un qui écoute.

Le notaire déclara que M. Grafouillière Amable avait été déclaré décédé par les autorités, son corps ayant été repêché dans la Seine.

— Je sais, j'étais là, j'ai tout vu, dit Voltaire, ce qui suscita de la surprise au-dessus des haricots.

Le notaire expliqua que la lieutenance avait conclu à un regrettable accident. Ce grand serviteur du théâtre français avait glissé sur une vessie de porc tombée d'une charrette de charcutier, il avait cru pouvoir se raccrocher au mât d'une lanterne publique, mais avait malencontreusement chuté dans l'abîme. Une brillante carrière interrompue par une vessie de porc ! Quelle ironie ! Un seul faux pas dans une vie sans égale et...

— Oui, bon, l'interrompit Voltaire. J'hérite de quoi ?

Malgré une carrière qui avait eu ses beaux moments – qui pourrait jamais oublier le triomphe de Grafouillière Amable dans son rôle du *Parvenu fessé* ? – la succession s'élevait à un montant dérisoire principalement constitué de vieilles hardes. L'art était si mal récompensé, de nos jours ! En revanche, le disparu laissait derrière lui de bons et fidèles amis qui tenaient à solder ses dettes terrestres afin d'aider son âme volatile à entamer dans l'au-delà un parcours qui ne saurait être que glorieux.

— Les comédiens ne sont plus excommuniés ? s'étonna Rousseau.

Ses bons et fidèles amis avaient inhumé sa chère dépouille dans une paroisse où on ne le connaissait pas, ils avaient fait inscrire la mention « artiste » sur le registre afin de ne pas éveiller l'attention du curé. De cette façon, ses restes avaient été aspergés d'eau bénite et munis de tous les viatiques qui permettraient au défunt de monter au ciel comme les gens qui n'avaient jamais joué la comédie sur les planches.

Voltaire s'étonna qu'après toutes ces manœuvres on eût encore de quoi rembourser les petits emprunts du noyé. Il n'était sûrement pas le seul à qui Grafouillière avait fait le coup des fausses lettres de recommandation, il devait y avoir du monde sur la liste des débiteurs qui s'interposaient entre lui et les trompettes du paradis.

Il semblait que Voltaire avait figuré en tête des préoccupations du malheureux. Le bon et fidèle ami avait reçu de Grafouillière Amable une lettre datée du jour précédant l'accident, où le grand acteur priait qu'on voulût bien rembourser la modique somme empruntée à l'éminent écrivain, dans le cas où un malheur l'empêcherait de s'acquitter lui-même. C'était une prémonition digne de la pythie de Delphes.

— Une modique somme ! répéta le prêteur. Deux cents louis, tout de même !

Le notaire plongea dans ses documents.

— On m'a parlé d'un montant de vingt-cinq louis…

— Ces acteurs n'ont pas conscience du prix de l'argent ! reprit Voltaire. On fait vivre un village pendant une année, avec un montant pareil !

— Oui, un village de souris, dit Rousseau.

Le destin du pauvre homme effrayé d'avoir contracté une dette envers Voltaire laissait le Suisse pantois. Il avait lu autrefois un conte à ce sujet, mais le prêteur avait des cornes et des pieds fourchus qui le faisaient reconnaître plus facilement que ceux en perruque longue.

Bref, en guise de dernière volonté, le vieil acteur avait souhaité que Voltaire soit désintéressé. Le contrat était caduc, le notaire apportait la somme, augmentée de la première mensualité pour solde de tout compte.

Tandis que ce bienfaiteur providentiel s'occupait des écritures légales, Voltaire fut la proie de sentiments contradictoires : d'une part, la satisfaction bien légitime de l'usurier qui recouvre son cher argent ; de l'autre, la frustration de l'enquêteur philosophique dont les théories ont sombré dans la Seine en même temps que le noyé.

— Peut-on savoir le nom du fidèle ami qui a la bonté de rembourser les dettes d'un trépassé ?

— Mon client a émis le souhait irréfragable de rester anonyme.

— Ah, si c'est irréfragable !

Tout cela était bizarre. On avait déjà du mal à se faire rembourser des vivants, alors des morts ! L'émissaire sortit une bourse de sa poche et la déposa sur la table. Après un premier élan de satisfaction bien naturel qui dessina un large sourire sur les lèvres de l'écrivain, la déconvenue s'imposa. On essayait de l'acheter. Il fut tenté de répondre qu'il ne mangeait pas de ce pain-là. Mais à quoi bon ? Comment se tromper soi-même ? Bien sûr, qu'il en mangeait, il ne mangeait que de cela, c'était pourquoi il était si maigre !

Tout en comptant ses louis d'or, il suggéra au notaire d'aller leur chercher un pichet pour fêter ça. Quand le bienfaiteur eut tourné le dos, l'écrivain ouvrit le portefeuille abandonné sur la table. Il se mit à fouiller dans les actes notariés sous l'œil de plus en plus étonné de Rousseau, qui n'imaginait pas les philosophes parisiens comme ça. On ne mettait pas son nez dans les affaires des autres, à Genève.

— On ne fait pas non plus beaucoup de philosophie, à Genève, répondit le fouilleur.

Il y avait une lettre signée Jélyotte. Voilà l'hurluberlu qui payait pour Grafouillière ! Cela confirmait les soupçons de mauvaises mœurs à son propos. Régler les dettes des gens décédés ne viendrait pas à l'esprit des personnes sensées.

Quand la gratitude envers le pourvoyeur des louis d'or se fut dissipée, une pensée plus sombre s'empara du bénéficiaire : qu'y avait-il vraiment dans cette noix ? Quel rapport entre un acteur noyé et un ténor adulé ? D'où ces deux hommes se connaissaient-ils ? Qu'étaient-ils l'un pour l'autre ? Pourquoi Jélyotte dilapidait-il un pactole durement gagné à coups de vocalises ? Pourquoi dédommager des débiteurs qui ne vous étaient rien ? Pas *des* débiteurs : lui, Voltaire, l'enquêteur magnifique. Tout cela sentait la manœuvre dirigée contre lui. Le hic, c'était qu'il ne voyait pas comment on comptait lui nuire en lui donnant des sous. Voilà une technique nouvelle à laquelle ses ennemis ordinaires n'avaient pas songé.

Au retour du pichet, il trinqua avec le notaire et avec Rousseau sans parvenir à desserrer les dents. Ses nouvelles conclusions l'effrayaient. De toute évidence, c'était à cause de lui qu'on avait tué l'acteur ! Grignion Belami avait découvert le vol de son papier à lettres, il avait fait surveiller Grafouillière. Quand ce dernier avait été vu entrant chez Voltaire, place Vendôme, les bandits s'étaient affolés – l'écrivain avait une si grande réputation de droiture, de probité, de bonté envers son prochain ! L'attention de la justice allait inévitablement être attirée sur les trafics de Belami ! Après le passage d'un écrivain tel que lui, le crime ne repoussait pas !

Les crapules s'étaient débarrassées de l'escroc en l'empoisonnant puis en le noyant dans la Seine. À présent, les complices de Belami – le secrétaire Renonpin, Jélyotte, allez savoir… – envoyaient de l'argent pour dissuader le philosophe de poursuivre ses recherches. N'avait-il pas commis l'impair de mentionner Grafouillière devant la sirène Héloïse Montretout ? (À cet instant, le souvenir de la masseuse du pont Notre-Dame créa une petite éclipse dans les pensées de Voltaire, la sensation de mains chaudes et douces l'emporta momentanément sur les réflexions sublimes.) Dieu sait de quels trafics honteux provenait cette somme ! C'était le salaire du crime ! Il se promit d'enfermer tous ces louis et tous ces vices dans sa cassette.

La nouvelle Pandore paya le repas, les trois hommes se séparèrent devant la rôtisserie. Le notaire était ravi d'avoir rencontré un auteur connu, ça le changeait des veuves éplorées à qui il avait l'habitude de remettre des exploits judiciaires. D'un autre côté, ces révélations avaient ébranlé la foi des compositeurs genevois en la philosophie parisienne.

Un carrosse s'arrêta au milieu de la chaussée non loin de Voltaire, Émilie fit signe à l'écrivain de l'y rejoindre. Il lui résuma le remboursement inopiné qui venait de conclure le festin. D'ordinaire les morts n'étaient pas si à cheval sur le règlement de leurs dettes. C'était là une nouvelle fourberie du ténor, probablement à la tête d'une bande de coupe-jarrets qui avaient assassiné ce pauvre cher Amable tant regretté (bien que l'enquêteur le regrettât beaucoup moins depuis que les louis d'or avaient regagné son escarcelle).

— Les assassins ont dû croire que ce malheureux était venu implorer mon aide. C'est bien naturel, tant de pauvres victimes de la féodalité défilent pour solliciter mes conseils !

— Sans compter les riches que vous dépannez de vos liquidités onéreuses, compléta la marquise.

— C'est une autre façon d'aider l'humanité, dit Voltaire.

Il était saint Vincent de Paul, à la différence que ses petits orphelins étaient tous ducs et pairs du royaume. Quant à Jélyotte, il distribuait des ordres d'assassinat de sa belle voix flûtée ! On le prenait pour un rossignol, mais c'était un sinistre corbeau qui navrait Paris !

— Ce ténor est un filou, vous pouvez m'en croire, j'ai un nez pour les sentir de loin. Il règne ici un très fort relent d'entourloupe !

La marquise comprit mieux pourquoi « bon ami » s'aspergeait toujours autant de senteurs musquées.

CHAPITRE QUATORZIÈME

Où Voltaire voit tout en noir.

Lorsque leur voiture pénétra sur la place Vendôme, Voltaire et la marquise virent une poignée d'hommes bottés, le col du manteau relevé, le tricorne baissé sur le front, qui stationnaient devant l'hôtel du président Hénault en se donnant l'air d'attendre la carriole du marchand de saucisses chaudes. Voltaire publiait depuis assez longtemps pour reconnaître la police les yeux fermés, de même que les marquises qui le fréquentaient. Ils prièrent le cocher de contourner le pâté de maisons, se firent déposer à l'entrée de service et toquèrent au lieu de faire tinter la cloche.

Marguerite, la servante qu'Émilie avait emmenée se faire violer par les trafiquants de vies humaines, vint leur ouvrir. Elle était catastrophée, un état qui ne la quittait plus depuis qu'elle s'employait auprès des philosophes et des physiciennes. Ces messieurs de la force avaient visité la maison, ils campaient à présent sur le trottoir à la vue des voisins. Tout cela avait un effet horrible sur la réputation de M. le président Hénault !

L'écrivain et la marquise se demandèrent après lequel d'entre eux ces inspecteurs en avaient. Avait-il été question de publications interdites, de provocations, d'impertinences envers l'Église, la Cour, l'appareil judiciaire ou les corps constitués ?

Rien de tout ça. Ces messieurs avaient réclamé de voir les objets armoriés de Madame et les avaient comparés avec un éventail tiré de leur poche.

— Vous voyez ce qui arrive à force de laisser traîner vos affaires partout ! s'écria Voltaire. Combien de fois vous ai-je mise en garde ? C'est dangereux !

Émilie n'en crut pas ses oreilles. La seule chose qui l'exposait à des dangers, c'était la fréquentation du philosophe. Auparavant, on ne la menaçait pas d'un séjour en prison pour avoir oublié ses éventails chez les gens.

— Au moins vous ne risquez rien, vous, dit-elle à « bon ami » pour mettre un terme aux récriminations.

Hélas ! Mille fois hélas ! Même si ces policiers étaient venus à cause d'un éventail trouvé sur la victime d'un meurtre, un philosophe leur semblerait un meilleur gibier qu'une marquise. Cet article de mode allait lui coûter cher : la Bastille, une réprimande ou, pire, un nouvel exil en Bourgogne ! Autant se réfugier tout de suite chez le roi de Prusse !

— Ah non, pas la Prusse ! dit Émilie.

Mieux valait se faire discrets pendant quelques jours. Impossible de rester chez le président Hénault. Ils ne devaient pas compromettre un magistrat qui était leur ami, d'autant que ce dernier n'allait pas manquer d'accourir de sa campagne pour les jeter dehors. Ils devaient se retirer avec dignité tant qu'il leur en restait.

Ils s'introduisirent dans la maison par la cuisine et firent leurs paquets en toute hâte, sans cesser de guetter la chiourme qui patrouillait en bas. Si la police confrontait Émilie avec Renonpin, le secrétaire de Belami, ce déplaisant personnage la reconnaîtrait, son nom serait associé à un crime, à de la prostitution, à des enlèvements… Ce n'était pas une excellente recommandation pour continuer d'être reçue par la reine.

— Avec un peu de chance, dit Voltaire, ce Renonpin aura tué son patron à la faveur de la panique pour s'emparer de ses biens.

Cela ne changeait rien. Que dirait son mari, le marquis, quand on lui apprendrait que sa femme avait été vue dans un endroit douteux, presque une maison de rendez-vous, où elle s'était fait tripoter par un cochon aujourd'hui changé en boudin ? Ce n'était pas une réclame pour les colonels qui rêvent d'être nommés général ! Les hommes se sortent toujours à peu près de ce genre de cas, mais les femmes payent chèrement les pots cassés !

— Votre vie est sans tache, je témoignerai pour vous s'il en est besoin, promit Voltaire en emballant sa collection de cravates en dentelle de Cholet.

Elle leva les yeux au ciel.

— Voilà ce qui me manquait. Quand vous témoignerez pour moi depuis votre cachot, n'oubliez pas de mentionner les titres de vos œuvres condamnées par le Parlement.

Elle préférait se cacher en attendant que l'affaire se tasse et qu'on ne songe plus à ennuyer les marquises avec des sottises comme la morale publique, l'adultère ou l'assassinat. Que la vie était donc difficile, en cette époque où les honnêtes femmes étaient en butte à tant d'étroitesse d'esprit !

Le premier pas vers la disparition consistait à modifier son apparence : changer d'habit, c'était quitter son rang, n'être plus soi. En un temps où la condition de l'homme se signalait à l'épée qu'il portait au côté, à l'épaisseur de sa perruque ou au brillant des galons de son pourpoint, il suffisait de supprimer quelques parures pour devenir aussi transparent qu'une vitre. Une femme coiffée d'un fichu ou dont la robe ne touchait pas le sol n'était pas une dame. On la regardait peut-être, mais on ne la voyait pas.

Ils prièrent le cocher de les mener dans une friperie, une grande, où il y aurait beaucoup de choix.

— Je vais conduire Madame là où je m'habille.

Ses haillons étaient troués et malodorants, ils s'attendirent au pire.

— Cela sera parfait, merci.

Sur l'enseigne en bois étaient peintes deux silhouettes, un muscadin et une élégante, de manière à suggérer que les personnes les plus exigeantes se fournissaient ici en frusques de deuxième main à peine portées. C'était une de ces innombrables boutiques où les riches se défaisaient de leurs habits, ce qui permettait aux autres de se vêtir pour pas cher. Les nobles y déposaient les vêtements de la saison précédente, les bourgeois s'en emparaient pour une année, après quoi ces hardes descendaient l'échelle sociale jusqu'à finir sur la peau des prostituées, sur celle des ouvriers ou en guenilles chez les traîne-savates.

Les boutiquiers se chargeaient des retouches nécessaires pour élargir ou rétrécir, la moitié des couturières de Paris vivaient de cela. L'atout de ce commerce était dans la variété. Il fallait fournir toutes les couches de la société. Un chaudronnier ne s'habillait pas comme un clerc d'étude, qui n'avait rien d'un contremaître. Il n'existait pas de prêt-à-porter parce que les positions sociales n'étaient pas interchangeables. Chaque pièce de vêtement devait être adaptée et assortie aux accessoires qui convenaient au rang de chacun. Seuls les ducs pouvaient être galonnés d'or, seuls les nobles pouvaient arborer un métal précieux ou des broderies, un roturier avec des boucles de diamant à ses souliers aurait suscité méfiance et réprobation.

Aucune bourgeoise n'aurait quitté son foyer sans une coiffe de dentelle ; en revanche, les ouvrières pouvaient bien mettre ce qu'elles voulaient sur leurs cheveux, avec le souci de n'être pas confondues avec une prostituée de bas étage qui aurait l'indécence de se montrer en cheveux. S'habiller était un art dont le moindre élément devait être savamment dosé pour répondre aux conventions.

Bien sûr, la noblesse fortunée ne venait jamais en personne, elle offrait ses nippes aux serviteurs qui les revendaient pour compléter leurs gages. Les étoffes venaient aux riches par l'intermédiaire des tailleurs et des modistes. La marquise du Châtelet n'avait jamais posé son soulier de satin dans une de ces échoppes.

— Comme c'est amusant ! Mais on trouve tout ce qu'on veut, ici ! Comment n'y suis-je pas venue plus tôt ?

— Parce que vous avez toujours été à l'abri du besoin, ma chère. On n'y fournit que les femmes à petits revenus.

— Cette discrimination est un scandale. Je ne suis pas si riche que l'on pense, je dois toujours réclamer de l'argent à mon mari !

— Je sais, répondit Voltaire.

L'établissement proposait des colifichets tout prêts que les couturières d'Émilie auraient mis des jours à confectionner pour elle.

— C'est bien plus commode ici ! D'où viennent ces rubans ? demanda-t-elle, les mains dans un casier rempli de soieries multicolores.

— De chez la duchesse de Noailles, répondit la boutiquière.

Émilie lâcha les rubans. Pas question de porter un article déjà vu sur une dame qu'elle connaissait. La marquise ne s'imaginait pas lui dire, la prochaine fois qu'elles prendraient le thé, qu'elle rachetait ses vieilleries.

— Maintenant vous comprenez pourquoi vous ne venez jamais ici, dit Voltaire.

Il lui conseilla de se déguiser en marchande de saisons, en lavandière ou en ravaudeuse de bas : nul ne la reconnaîtrait.

— Vous m'avez bien regardée ?

Il admit que rien n'effacerait ce grand air qu'elle ne quittait jamais. Comment la rendre méconnaissable malgré sa fierté, son regard, la blancheur de ses mains et tout ce qui faisait d'elle une marquise, même quand elle était nue ?

Les boutiquiers s'enquirent des desiderata de l'aimable clientèle.

— C'est pour un bal costumé, annonça-t-il.

Ils s'exclamèrent en chœur. Ils avaient précisément ce qu'il fallait. Une heure plus tard, une fois les retouches faites sur le pouce, une planteuse créole vêtue de cotonnades chamarrées descendait la rue, suivie de son bon Nègre chargé du sac et de l'ombrelle de sa maîtresse. Voltaire avait beau apercevoir leur reflet dans les devantures, il n'arrivait pas à se persuader avec quelle facilité un peu de cirage et une culotte de lin vous changeaient un philosophe en coupeur de canne à sucre pour exploitations coloniales.

Restait à se loger là où l'on ne s'attendrait pas à les rencontrer. Finis, les palais empruntés aux présidents de Parlement ! Les châteaux des marquis bourguignons ! Les appartements versaillais prêtés par des courtisans ! Ils devaient se réfugier en un lieu que ni lui ni elle ne fréquentait jamais.

— Une auberge ? suggéra-t-il.

— Quelle bonne idée ! dit la marquise. Une auberge en ville ! J'ai toujours eu envie de voir à quoi cela ressemblait !

À force d'avoir leurs pénates dans les résidences de leurs amis, ducs, princes ou simples connaissances, ils ne dormaient jamais dans ces chambres à louer prévues pour le commun des voyageurs.

Cette aventure leur offrait une expérience pleine d'exotisme !

— Vous pourrez prendre des notes pour un de vos contes bizarres, dit Émilie.

Elle avait envie de s'établir au Blason Doré, rue de Richelieu. À défaut d'être à l'aise, ils seraient au moins dans un quartier central, à deux pas du Palais-Royal. Voltaire recommanda plutôt un village discret : Passy, Bercy ou les Batignolles.

— Ah. En plus, il faut s'exiler en province.

— Allons ! Vous n'allez pas vous mettre à broyer du noir ! dit le philosophe au cirage.

— Parfois, je suis tentée.

Le cocher proposa de les conduire à un départ de diligences, un établissement propre où il lui arrivait de déposer des gens très bien.

— Je suis curieuse de voir cet « établissement propre », dit la marquise, qui n'était pas habituée à avoir moins de cinq domestiques attachés à son service.

L'auberge était bâtie autour d'une cour où s'arrêtaient les voitures de Lyon et de Provence. Elle comprenait des écuries et une vaste salle avec table d'hôte ; un escalier extérieur en bois desservait les chambres situées à l'étage. S'y pressaient des voyageurs de toutes sortes, de toutes naissances, de toutes origines, des étrangers, des provinciaux, des commerçants venus pour les foires.

— C'est la taverne d'Ali Baba ! dit Voltaire.

Avec le fichu à fleurs de l'une et le visage tout noir de l'autre, ils étaient le point de mire. La propriétaire leur demanda leurs état et condition pour son registre.

— Mme de Trou-Bonbon, planteuse de Saint-Domingue, domiciliée à Port-au-Prince, dit la marquise.

On lui donna une bonne chambre au calme sur la ruelle, non sur les écuries qui sentaient le crottin.

— Et pour le valet de Madame ?

— Vous avez bien des combles ?

— Oui, mais c'est en dortoir.

— Très bien ! Vendredi adore se faire de nouveaux amis !

Le personnel prêtait mainforte à leur cocher pour décharger les bagages. Émilie fit signe à son bon Nègre.

— Allez, Vendredi ! Toi aider à monter ma malle dans ma chambre !

Vendredi obéit en maugréant dans sa barbe.

— Il est si cocasse quand il ronchonne, plaisanta Mme de Trou-Bonbon.

Tout le monde le trouva très drôle, si empoté et si renâcleur qu'il était. On n'en voyait pas souvent de sa sorte.

— Ils sont faits tout comme nous, finalement, dit un valet.

— Oh, presque, dit Émilie. C'est la tête qui ne suit pas. Par exemple, je n'ai jamais pu lui faire entendre les formules mathématiques de la gravitation universelle.

— Ah, oui, c'est un handicap, admit l'aubergiste.

Au cours de la difficile escalade dans l'escalier avec la malle, le bon Nègre émit des protestations dans son patois.

— *Cuivis dolori remedium est patientia*[1] !

— Y parle pas très bien le français, remarqua un cuisinier en tablier qui avait une poule morte à la main.

— Que voulez-vous : il ne jure que par Vaugelas.

— J'espère qu'il les gardera pour lui, ses jurons !

Une fois seul avec sa chère maîtresse et la grosse malle, le bon Nègre émit des observations.

1. La patience est un remède à toutes les afflictions.

— Moi y en a trouver que vous y en a abuser. Et puis qu'est-ce que c'est que ce nom de « Trou-Bonbon » ?

— C'est une localité que j'ai remarquée sur une carte des Antilles, expliqua Émilie. C'est le seul nom que j'aie retenu, il était si charmant ! Cessez donc de rognonner ! Tâchez de faire honneur à Daniel Defoe !

Le fidèle Vendredi regretta de lui avoir prêté son exemplaire de *Robinson Crusoé*. Décidément, les femmes qui lisaient étaient dangereuses. Quel dommage qu'elles soient les seules à avoir de la conversation !

CHAPITRE QUINZIÈME

Comment Voltaire trouva la case qui lui manquait.

La première nuit de Vendredi dans le dortoir fut problématique. Les autres serviteurs réclamèrent qu'il leur fasse des tours, des cabrioles, qu'il entonne des chansons de son pays, qu'il leur raconte les couchers de soleil sur les Grenadines, et voulaient savoir s'il avait été sur l'île de la Tortue, danser la carmagnole avec les pirates et les boucaniers. Son imagination vint à son aide, aussi furent-ils un peu décontenancés d'apprendre qu'on trouvait dans les Amériques des moutons rouges, des chemins pavés de rubis et des singes doués de raison dont les femmes raffolaient.

Dès qu'on le laissa en paix, il se faufila hors de la soupente pour enquêter à l'air frais. Il connaissait un logement vide où nul ne l'empêcherait de dormir : celui d'Amable Grafouillière. Une fois dans la rue, il héla plusieurs fiacres, mais aucun ne voulut de lui. Quand le cocher voyait sa figure émerger de la pénombre, il lançait ses chevaux.

— Mais qu'est-ce qu'ils ont ? se demanda l'enquêteur des tropiques.

Un ramoneur s'enfuit en criant au fantôme. Une marchande d'oublies lâcha ses gaufres, se mordit la main et s'adossa au mur, à demi évanouie. Seule une arpenteuse de trottoir l'informa qu'elle faisait un prix aux marins en escale.

Dans la nuit, le déguisement produisait plus d'effet qu'il ne l'avait souhaité. Cela aurait été parfait si on ne l'avait pas traité comme une bête curieuse. Le combat contre l'intolérance et la superstition avait de l'avenir. Le gouvernement de Sa Majesté refusait absolument l'installation dans le royaume d'un grand nombre d'esclaves affranchis, il ne fallait pas attirer les malheureux qui auraient pu vouloir fuir le sort qu'on leur infligeait outre-mer. Par voie de conséquence, les gens bien blancs qui vivaient sous nos climats étaient déconcertés par les peaux bien mates. Jamais

Voltaire n'avait autant subi les préjugés que depuis qu'il se faisait discret.

Ce fut donc à pied et harassé qu'il atteignit la maison de feu Amable Grafouillière. Aucune fenêtre n'était éclairée. Comme il avait eu la bonne idée de glisser la clé sous le paillasson à sa première visite, l'ouverture de la porte ne lui causa aucun effort.

Il trouva à tâtons une lampe et un briquet. Ce n'était pas l'hôtel du président Hénault sur la place Vendôme, mais, en comparaison du dortoir, le petit appartement prenait des allures de palais. Le sol était couvert d'une poudre blanche. Qu'était-ce donc que cela? Ah! Il se souvint! C'était le piège qu'il avait laissé derrière lui pour voir si l'occupant des lieux reviendrait en douce. Cela avait fonctionné! Une empreinte était bien visible. Lorsqu'il eut ôté son propre soulier et regardé la semelle, il vit qu'elle était maculée de farine. Nul n'était entré ici avant lui. L'acteur dormait à la morgue où dans quelque trou où on l'avait mis, son lit était donc libre pour accueillir les penseurs.

Un peu d'eau dans un broc lui permit de se livrer à une toilette vespérale pour éviter de laisser du cirage sur l'oreiller. Il trouva dans une commode une chemise tout à fait adéquate et le bonnet assorti : feu Grafouillière connaissait les bases du vrai confort. Son invité remarqua sur un meuble le portrait d'une demoiselle qui ressemblait fort à Héloïse Montretout. La nuit était trop avancée pour s'interroger sur le lien qui unissait la claveciniste et le noyé, aussi Voltaire s'intéressa-t-il plutôt au petit lit à rideaux, dont il palpa le matelas. Dieu sait de quelles turpitudes ces draps avaient pu être les témoins ! La réputation de ces comédiens n'était plus à faire ! Toujours à l'affût des bonnes fortunes ! D'insatiables lurons ! Il se remémora la bouille du luron et se glissa entre des draps qui étaient sûrement d'une pureté virginale.

On n'avait pas de si bons lits dans la comédie que dans la philosophie. Mais enfin ! Cela valait mieux que les grabats de la Bastille, dont il ne gardait pas un très bon souvenir.

Il se réveilla après une nuit peuplée de rêves étranges où il s'était vu récoltant le coton sous les coups de fouets de déplaisants personnages qui s'intitulaient « békés ». Il fit une courte toilette virile et se maquilla pour sortir. Les autres mettaient du blanc, lui mettait du noir. Un moment après, il entrait dans le premier troquet ouvert pour manger un morceau.

— Vous tombez bien ! dit son hôte. Nous avons de la morue et du piment !

Il commanda plutôt un bol de chicorée et des tartines, à quoi l'on vit que ces Noirs faisaient des efforts pour s'adapter aux habitudes d'ici.

Un peu plus tard, comme il passait devant la salle du Palais-Royal, il entendit un chant qui filtrait par les fenêtres. Musique gouleyante, forte en oreille, avec en retour un arrière-goût de Lully… C'était du Rameau. Les paroles ne lui étaient pas inconnues.

Plus d'un héros, plus d'un grand roi,
Jaloux en vain de sa mémoire,
Vola toujours après la Gloire.
Et la Gloire vole après toi !

Qu'était-ce donc que ces sottises ? Qui avait commis ces fadaises, ces flatteries outrées envers la Couronne, ces platitudes pauvrement rimées ? Il se souvint qu'une répétition de son *Temple de la Gloire* était prévue.

Il devait s'y montrer, son devoir l'appelait dans cette salle. Le portier le laissa passer, l'ayant pris pour quelque laquais de grande maison venu porter un message à une danseuse. Au moment où Voltaire atteignait le parterre, Marie Fel montait sur scène pour chanter le grand air de la Gloire qui était en quelque sorte le rôle-titre.

— Tiens, voici la Gloire ! dit Rameau, qui avait attendu.

La soprano chanta merveilleusement, avec ampleur et précision.

— Plus vite ! lui lança le compositeur. Vous ne suivez pas mon tempo !

— Si je chante plus vite, je n'arriverai pas à articuler, on ne comprendra plus les paroles.

— Peu importe ! C'est ma musique qui compte !

Un couinement s'éleva du parterre.

— Ah, mais non ! fit une voix que l'indignation rendait plus aiguë.

Un négrillon fondit sur Rameau pour l'agonir de protestations.

— Qu'est-ce que ça veut dire ? On massacre mon texte ?

— Plaît-il ? demanda le compositeur. Qui a laissé entrer ce petit Créole ?

— Je fais partie du spectacle !

— La reprise des *Indes galantes*, c'est le mois prochain. Revenez avec un turban.

Le directeur Berger s'assit non loin de Voltaire pour suivre les efforts de la cantatrice.

À trente-deux ans, Marie Fel avait un beau visage ovale, un grand nez et une grande bouche qui convenaient tout à fait à l'exercice de son art. Un foisonnement de boucles blondes tombait sur ses épaules. Elle respirait la joie de vivre, on croyait aisément qu'elle avait eu trois enfants de pères différents sans honte ni mariage, un tour de force encore plus impressionnant que ses arpèges. Son décolleté laissait voir une gorge sur laquelle un rang de perles tressautait au rythme des notes. Elle en manqua certaines. La fuite de son amant, le librettiste Louis de Cahusac, gâtait un peu sa bonne humeur. Selon Jean-François Berger, de méchantes langues affirmaient que Cahusac fuyait moins la justice que le caractère insupportable de Rameau.

— Ah, tiens ? dit Voltaire. Il est charmant avec moi. Que lui reproche-t-on ?

— D'être impatient, imbu de lui-même, d'écraser les petits et de flatter les grands…

— Oui, j'ai remarqué, mais que lui reproche-t-on ?

Il traitait notamment ses librettistes en esclaves.

— Il va m'adorer, dit Voltaire, qui était le premier écrivain à être devenu son propre nègre.

La cantatrice se plaignit de nouveau.

— Maître, vous êtes un monstre ! Toutes ces notes si hautes ! On vous pardonne parce que c'est beau.

— C'est beau quand on réussit à les faire, dit le compositeur.

— J'ai été formée à chanter les opéras de Mondonville !

— Cela s'entend.

Rameau posa sa partition et annonça qu'il emmenait Jélyotte chez M. de Bonneval, où devait être donnée une représentation des *Muses galantes* d'un jeune compositeur suisse. Voltaire se hâta de se nettoyer pour aller voir Rousseau se faire sonner les cloches par Jean-Philippe Rameau.

CHAPITRE SEIZIÈME

Où Jean-Jacques Rousseau commence sa carrière sur une fausse note.

Le concert avait lieu chez Michel de Bonneval, en sa maison de la rue Saint-Honoré, près de l'église Saint-Roch. Il y avait là le duc de Richelieu, ordonnateur des fêtes du château de Versailles ; le duc de La Vallière, Grand Fauconnier de la Couronne, en fait directeur des spectacles intimes chargé des amusements du roi ; quant au comte de Bonneval, il était l'intendant des Menus Plaisirs, sa charge incluait la préparation des cérémonies, fêtes et divertissements de la Cour. Ces trois bonnes fées avaient rendu possibles les opéras de Voltaire et Rameau : Richelieu avait passé la commande, Bonneval avait assuré l'intendance, La Vallière les avait inscrits au programme de Sa Majesté.

— Voilà une sainte Trinité comme je les aime ! dit le librettiste.

La direction des spectacles de la Cour s'enchevêtrait un peu avec celle de l'Opéra. Les premières représentations étaient presque toujours données dans l'une des résidences royales, notamment à Fontainebleau où le roi séjournait en automne. Comme certains décors et costumes retournaient à l'Opéra après avoir servi là-bas, un contact incessant était nécessaire entre les deux administrations, ce qui faisait des Menus Plaisirs une sorte de direction des Beaux-Arts.

L'intérêt de Bonneval pour la musique était d'autant plus vif qu'il était lui-même librettiste. Il était aussi contrôleur général de l'argenterie et réglait, à ce titre, la dépense des habits et des meubles du roi, en plus d'ordonner les bals, les mascarades et les carrousels. Il avait accepté de faire entendre chez lui une première version de l'œuvre de Jean-Jacques Rousseau intitulée *Les Muses galantes*.

Mme de La Popelinière était venue chez Bonneval dans le sillage de son amant, le duc de Richelieu – épouser un fermier général était confortable, mais le grand chic était de coucher dans la pairie.

Jélyotte avait accepté de chanter le rôle principal des *Muses*. Son père était là aussi, le ténor le traînait comme un fétiche destiné à conjurer les couacs. Cramponné au buffet, papa Grichon goûtait une à une les liqueurs des Menus Plaisirs. Sa cravate bouffante était de travers, il y avait du flottement dans le pourpoint, sa perruque n'avait pas été peignée. Ce n'était plus la statue marmoréenne du Commandeur mais un pantin désarticulé.

— M. Grichon ! s'écria Voltaire. Quelle bonne surprise !

— Qui ça quoi ça ? répondit l'ivrogne.

— N'est-ce pas votre nom ?

— Ah. Si. Je préfère Jélyotte, vous me ferez plaisir. G.E.L.I.O.T., Jélyotte.

Voltaire s'étonna en son for intérieur. On lui avait bien recommandé de ne l'appeler que par son nom de famille. Cet homme était-il gagné par la gloriole d'avoir un fils connu ? L'écrivain avait sous les yeux une invitation où était annoncée la participation de Pierre de Jélyotte de l'Académie royale de musique. M. Grichon ne savait même pas orthographier le nom par lequel il voulait qu'on l'appelle !

Rousseau fit un petit discours liminaire pour exposer le sujet de son opéra. Il s'agissait d'un ballet héroïque en trois actes, chacun sur un thème et dans un style musical différents. Les amours des poètes en étaient la ligne directrice. Le premier acte était consacré au Tasse, le deuxième à Ovide et le troisième à Anacréon[1]. On était loin des histoires de déesses ou de princesses auxquelles le public était accoutumé, Rousseau visait plus haut.

Voltaire eut l'impression que le ténor était moins nerveux depuis le remboursement de l'argent prêté à Grafouillière. Le public s'étonna quand même que Jean-Jacques Rousseau ait jugé bon de faire rimer « Nous sommes vaincus » avec « On l'a dans l'cul ».

— Ce Jélyotte ! Quel génie ! s'écria un spectateur.

— Le génie est réservé aux créateurs, dit Voltaire. Les interprètes n'ont que du talent.

Rameau n'exultait pas non plus.

— C'est un ballet héroïque, dit quelqu'un.

1. Poète grec connu pour s'être étouffé avec un raisin sec.

— C'est l'auditoire qui l'est, dit Rameau. Ce serait mieux avec les danseuses. Dévêtues, les danseuses.

Curieusement, les Muses de Rousseau se montraient fort critiques de la société française. Elles insistèrent sur ce qu'elles appelaient « le principe de souveraineté du peuple appuyé sur les notions de liberté, d'égalité et de volonté générale ». Mais enfin, ces questions de démocratie restaient des notions grecques.

Le duc de Richelieu s'exclama qu'il n'avait jamais rien entendu de si beau. Rameau marmonna que monseigneur devait arrêter de boire. Quand l'auteur lui demanda son avis, Rameau déclara que tout ce qu'il y avait là de passable venait des Italiens. Rameau aimait l'opéra français. L'opéra de Rameau. Tout cela n'était pas très ramiste.

Mme de La Popelinière s'empressa de lâcher Rousseau pour plaire à Rameau, et le duc de Richelieu fit de même pour plaire à sa conquête.

Voltaire se pencha vers l'aspirant compositeur.

— Vous plaisez à l'amant, au mari, mais non à la maîtresse. Vous êtes fichu.

Rousseau quitta la maison d'un pas furieux, Voltaire sur ses talons.

— Qu'ils disent ce qu'ils veulent ! Ils ne m'empêcheront pas de réformer la musique française !

— Commencez donc par vous réformer vous-même.

Rousseau n'écoutait pas.

— Oui, oui, Rameau est un grand artiste, vivent les grands artistes ! Il faut juste s'abstenir de les fréquenter !

CHAPITRE DIX-SEPTIÈME

Où Voltaire se voit proposer un emploi de rhinocéros.

Rousseau avait encore quelques détails de leur opéra commun à soumettre à son commanditaire. Ce dernier lui proposa d'en parler pendant une course qu'il devait faire et le pria de l'attendre un moment tandis qu'il entrait dans une boutique.

L'assistant du librettiste avait eu beaucoup de travail pour transformer *La Princesse de Navarre* en *Fêtes de Ramire*. À la première, en février, le public s'était ennuyé poliment. L'œuvre était trop longue pour la légèreté du sujet et pour la qualité du texte. La reprise était l'occasion de raccourcir et de muscler tout ça. De même qu'en cuisine les ragoûts gagnent à être dégraissés, les divertissements sans prétention ne devaient pas lasser. De toute évidence, Voltaire avait confondu le comique avec le ridicule. Ses personnages n'étaient pas drôles, ils étaient grotesques, leur caractère était incohérent au lieu d'être fantasque, et les péripéties moins surprenantes qu'invraisemblables. Rousseau avait entendu dire que l'écrivain avait un jour repêché son livret dans sa chaise percée où un confrère railleur l'avait abandonné.

L'auteur qui occupait ses pensées quitta la boutique aussi noir qu'un bloc de charbon de la montagne Pelée.

— Que vous est-il donc arrivé ? Vous êtes tombé dans la cheminée ?

— C'est une prescription de mon médecin contre l'humidité des cachots.

Rousseau demanda la permission de lui dire ce qu'il pensait vraiment de sa *Princesse de Navarre*.

— Bien sûr. Allez donc. Les critiques de mes amis ne me blessent nullement.

— Ils osent vous critiquer ?

— Les vrais, jamais.

Voltaire se faisait une idée précise de sa profession.

— Le métier d'écrivain consiste à raconter des sottises aux gens afin d'arriver à vivre sans travailler. Ceux qui racontent les plus grosses sont ceux qui vivent le mieux.

Rousseau avait cru que c'était le propre des escrocs.

Ils étaient arrivés à la librairie d'André Panckoucke. Cet homme imprimait et éditait des livres afin d'approvisionner son commerce en nouveautés. Voltaire lui avait confié son poème de *La Bataille de Fontenoy*. Pour une fois qu'un de ses textes ne faisait pas encourir l'embastillement à son éditeur, il estimait que M. Panckoucke avait de la chance.

Panckoucke avait épousé la fille d'un libraire parisien installé quai des Augustins à l'enseigne de La Belle Image. Panckoucke était lui-même l'auteur d'ouvrages brillants tels que *L'Art de se désopiler la rate* et le *Dictionnaire des façons de parler comiques*. Aussi ne fut-il pas décontenancé lorsqu'un Noir vint lui déclarer qu'il était Voltaire. Après des salutations empreintes de perplexité, Panckoucke s'intéressa au jeune homme qui accompagnait le célèbre auteur tropical.

— Monsieur écrit peut-être, lui aussi ?

— C'est mon nègre, expliqua Voltaire.

— Plaît-il ?

— Il écrit pour moi. Quand je n'ai pas le temps. Je lui donne mes œuvres à terminer. M. Rameau en use de même.

— J'écris au noir, confirma Rousseau.

Voltaire demanda quelles étaient les nouveautés intéressantes. Panckoucke lui proposa une vie de Christine de Suède, la reine amazone.

— Je n'aime pas beaucoup les biographies, elles finissent toujours mal.

Le libraire manquait de bons auteurs. Voltaire en avait-il à lui recommander ? Chabignol, peut-être ?

— C'est un auteur du Pont-Neuf pour la Bibliothèque bleue[1].

Un client russe s'écria, devant les rayonnages qui débordaient d'ouvrages :

— Ah, la France ! Petit pays, beaucoup d'écrivains !

Voltaire désirait éditer un *Dictionnaire philosophique portatif* sous une couverture rouge.

— Ce sera mon petit livre rouge, j'y mettrai mes pensées.

---

1. La Bibliothèque bleue était l'ancêtre du livre de poche et se vendait sur le Pont-Neuf avec les livres d'occasion.

Il venait voir si son poème de *La Bataille de Fontenoy* se vendait toujours bien. Les chiffres étaient très bons. Pour que cela dure, Voltaire engagea M. Panckoucke à faire porter une réclame à tous les messieurs cités dans le poème. S'ils en achetaient pour offrir à leurs amis, ce serait la fortune ! Il en rajoutait à chaque édition. Il y aurait bientôt plus de courtisans dans le poème de Fontenoy qu'il n'y en avait eu sous le feu des canons. D'ailleurs Fontenoy ne lui suffisait plus, il ajoutait Gand, Ostende, Tortone…

— Vous avez raison, dit Rousseau. Plus le roi ravage les Flandres, plus il faut cacher les cadavres sous les fleurs.

Panckoucke avait du mal à suivre le rythme de ces modifications.

— Nous en sommes à la huitième édition ! Dans la troisième, vous m'avez fait inclure une épître dédicatoire ; dans la sixième, un discours liminaire ! Ce n'est plus un poème, c'est un almanach !

— Vous êtes dur avec lui, dit Rousseau quand ils eurent quitté la librairie.

— Il faut accabler de temps en temps nos éditeurs pour justifier l'opinion qu'ils ont de nous, répondit Voltaire.

Des curieux l'abordaient à tout bout de champ. Il avait eu beau déployer des efforts pour gommer sa qualité d'homme de lettres, de penseur exceptionnel, de rénovateur, un sortilège mystérieux le faisait remarquer partout. À un coin de rue, un montreur d'animaux exhibait une rareté : une grosse bête couleur de musc et qui en avait aussi l'odeur.

— Voici le véritable fauve mythique que Platon nomma « rhinocéros ». Il est né de l'accouplement contre nature d'un taureau et d'une licorne ! Celui que vous voyez ici fut capturé en Asie, dans le pays d'Assam, à l'est des Indes orientales, royaume du Grand Moghol. Il dévore chaque jour la moitié de son poids en viande rouge. Sa corne lui permet de percer ses proies pour boire leur sang. Grâce à ce régime carné, il entretient une carapace capable d'arrêter toutes les flèches que les guerriers des Indes tirent sur lui quand il vient dévorer leurs enfants ! Il est aussi à l'épreuve des balles, on ne peut le chasser que par l'artifice d'une flûte à bec jouée par une vierge ou par un garçon non pubère, dont la musique est seule capable de dompter sa fureur !

Un gamin qui avait échappé à la créature entonna au pipeau un air connu sous le nom de *Dansons la rigondaine-dondon*. Les oreilles de l'ogre quadrupède, poilues à leur extrémité, oscillèrent légèrement sous l'effet d'une transe musicale, ou bien à cause d'une mouche.

Au terme de ce discours scientifique, le montreur fit passer le chapeau « pour payer la viande du fauve ». Les badauds s'extasiaient devant cette machine à tuer, les femmes écartaient les bambins qui auraient pu exciter les appétits du monstre.

Voltaire, qui avait lu Buffon, ne put s'empêcher de déclarer qu'ils regardaient un herbivore, comme en témoignait la forme de sa mâchoire ; que cet animal ne savait pas goûter la musique ; qu'il avait sans doute été pris tout bébé, lorsqu'il était incapable de se défendre, et que sa mère avait été tuée à cette occasion ; que sa peau n'était pas une carapace, et que si les flèches des Indiens avaient été inefficaces, ses semblables régneraient aux Indes et non le Grand Moghol ; qu'il ne voyait ici qu'une pauvre bête arrachée à son habitat naturel pour susciter l'admiration de gens qui ne la comprenaient pas ; qu'il connaissait des écrivains exposés au même préjugé.

Le bateleur ne s'avoua pas vaincu.

— Quoi qu'il en soit, la créature sait nager, elle aime à patauger dans l'eau comme un canard.

— Moi aussi, dit Voltaire, ça ne fait pas de moi un animal de foire.

Cela n'était pas sûr. Les regards des badauds allaient du rhinocéros au Noir beau parleur sans parvenir à déterminer lequel des deux canards intéressait le plus. Le montreur insista.

— Cette créature compte parmi ses ancêtres un âne, une poule d'eau, un aigle et un crustacé ! Chacun d'eux lui a légué un de ses attributs : de longues oreilles, la natation, trois griffes à chaque patte et cette peau épaisse.

— Je suis moi-même le fils d'une fée et d'un hibou, dit Voltaire.

On estima que c'était bien possible, en ajoutant un merle pour le teint.

— Son poids est de cinq mille livres ! Il faut vingt chevaux pour tirer sa voiture ! Il a été à la cour du grand-duché de Bade ! Il avale quatorze seaux de bière par jour !

— Êtes-vous sûr de n'avoir pas ramené le grand-duc de Bade, dans ce cas ? demanda Voltaire.

Le public jugea que ce rhinocéros avait de mauvaises mœurs, il buvait trop, s'empiffrait et menait une vie de sybarite. Voltaire cita Racine :

— La nature est inimitable ; et quand elle est en liberté, elle brille d'une clarté aussi douce que véritable.

Un Noir philosophe qui récitait de la poésie ! Le dresseur lui offrit une place dans sa troupe entre la femme à barbe et le nain Turlututu. Le natif des îles refusa poliment : il ne voulait pas ôter le fourrage de la bouche d'une pauvre bête.

— Réfléchis donc ! Avec ton bagou et ton aplomb, tu serais capable de leur faire accroire n'importe quelle sornette !

L'écrivain répondit qu'il n'avait pas de si hautes ambitions, il se contenterait de continuer à dire ce qu'il croyait juste, en s'efforçant d'être entendu d'un public choisi et de n'être point trop détesté du reste.

Le montreur d'animaux rares se résigna à continuer avec son rhinocéros des Indes qui, au moins, n'était pas fou.

— Eh bien ? dit Voltaire, comme il s'éloignait avec Rousseau. Vous aurez appris, je crois, ce qu'est un philosophe ?

Rousseau avait appris qu'un philosophe était plus difficile à mettre en cage qu'un rhinocéros. La comparaison demandait cependant à être réexaminée dans le cas où il s'agirait de la Bastille.

CHAPITRE DIX-HUITIÈME

Comment Voltaire sortit noir et rentra gris.

Voltaire renonça à retourner se cacher de la police chez un acteur qui s'était noyé dans des circonstances douteuses, cette idée ne lui paraissait plus être la meilleure de l'année. D'autre part, il était las de subir la curiosité des Parisiens envers les Noirs comme lui. On le considérait à l'égal des perroquets et des ouistitis, ce n'était pas flatteur pour les penseurs. Il décida de prendre asile chez son vieil ami le duc de La Vallière, qui possédait un gros château dans un petit village bucolique nommé Montrouge, au sud de Paris.

Comme son fiacre approchait de la porte d'Enfer, l'écrivain créole entendit la musique des guinguettes du faubourg. Les Parisiens s'y pressaient car le vin y était moins cher. Des artistes s'y produisaient en échange du boire et du manger. Une voix de soprano entonnait justement des chansons lestes avec un accent italien qui n'était pas inconnu au fugitif. Il libéra son cocher et pénétra dans l'établissement, son baluchon à l'épaule ; on s'attendit à l'entendre demander si l'on avait vu Robinson Crusoé.

Au milieu de la salle, entre les tables, un castrat à moitié ivre chantait, une main sur la poitrine, l'autre suspendue en l'air pour décrire le désespoir de la mère Michel à la recherche de son chat. Il avait remplacé sa perruque par un turban orné d'une grosse broche en verroterie, à son cou pendaient plusieurs colliers de fausses perles, et les larges manches de son caftan étaient abondamment brodées d'arabesques. Ce devait être un costume pour chanter Bajazet ou Tamerlan qu'il avait pris à l'Opéra.

Voltaire s'assit sur un banc et s'enquit de ce qu'on avait à lui proposer : un vin de garde affiné en tonneau, du ratafia de prune, du malvoisie de Madère et, pour les fins de mois difficiles, de la piquette, c'est-à-dire de l'eau jetée sur le marc de la vendange. Le beau-frère du cabaretier fabriquait en outre une boisson hygiénique à l'usage des vieillards et des malades, une décoction aux herbes souveraine contre la mauvaise digestion.

— Ce n'est pas trop fort, j'espère ? Je ne voudrais pas être pompette, je n'ai pas l'habitude du vin.

— C'est pas du vin. Et c'est pas pire que le rhum de ton pays.

Piccolino Piccolini faisait magistralement sentir les tourments de la mère Michel. Sa voix se brisa bien en dessous du contre-ut, mais on applaudit quand même. Il salua très bas l'aimable auditoire et vint s'asseoir près de Vendredi, le bon Noir de l'Atlantique, qui lui souriait avec la gentillesse typique des peuples qui ont souffert.

— Qui cé, ton maître ? demanda Piccolini tandis qu'on remplissait son verre.

— Il s'appelle Montesquieu, répondit le bon Noir.

— Cé joli. Cé noble ?

— En Gironde, oui.

— Cé quoi, ton nom ?

— Othello, *missieu*.

— Cé italien, ça ! Dans mes bras, mon frère ! Jé souis dou soud dé Naples !

— Moi aussi, répondit Othello. Dou soud de Saint-Domingue.

Avant de sortir, un client donna une tape sur les fesses du castrat, qui poussa un cri de surprise.

— Le voilà, le contre-ut ! dit le bonhomme à la cantonade.

Piccolini se rembrunit. Il avait heureusement à côté de lui un homme plus mal traité que lui. Il lui demanda comment il arrivait à supporter l'esclavage.

— Moi pas esclave, moi libre ! France beau pays liberté !

Othello conta comment il avait découvert cette liberté dont les sujets du roi jouissaient ici : la liberté d'être fouetté si on mangeait un poulet pendant le Carême, la liberté d'être pendu pour avoir volé à l'étal d'un marché un jour que l'on avait faim, la liberté d'être enfermé dans un donjon pour avoir écrit tout haut ce que les gens sensés pensaient tout bas. Après quoi son maître avait prétendu le renvoyer à Saint-Domingue pour le forcer à reprendre le joug de la servitude.

— Moi sauter du bateau et nager jusqu'à la côte au milieu des requins !

— Dans le port de Nantes ?

— Eux suivi moi depuis les Antilles.

Bien que Piccolini trouvât à son récit quelque chose de candide, il voulut trinquer à sa libération du joug de l'esclavage. Quoique libéré, Voltaire insista sur l'idée qu'il restait beaucoup à faire : il fallait aussi libérer les hommes de la superstition, de l'intolérance, de la bêtise, des complaisances coupables et des préjugés dangereux. Son interlocuteur estima qu'il en demandait beaucoup. À la troisième tournée de liqueur digestive, l'ancien cueilleur de coton leva son verre à l'amitié entre les opprimés.

— Il est important d'avoir des amis ! L'amitié, c'est quand on se voit même si on n'a rien à se dire, on trouvera toujours. La fin de l'amitié, c'est quand on ne trouve plus.

Piccolini était au bord des larmes. Il avait eu un ami, autant dire un fils qu'il avait choyé, à qui il avait tout sacrifié, il lui avait révélé des secrets, avait trahi des serments, s'était damné pour lui ! Et qu'était-il advenu ? L'ingrat l'avait jeté dehors du jour au lendemain. Malgré tout ce qu'il lui devait ! Sans préavis ! Sans motif ! Avec injonction de ne jamais revenir !

— Quand était-ce ?

— Il y a huit jours.

Voltaire fit le calcul. C'était l'époque où le corps d'Amable Grafouillière, cette vieille fripouille, avait été repêché dans la Seine. Les deux événements n'étaient-ils pas liés ? De toute évidence, Jélyotte avait écarté Piccolino pour l'empêcher de découvrir l'assassinat de l'acteur ! Qu'il avait tué pour protéger son trafic de femmes ! Tout se recoupait !

Le castrat n'avait pas fini la liste de ses déboires. Le même jour, Jean-François Berger, le directeur de l'Académie de musique, l'avait congédié sans explication. En lui lançant à la figure qu'il était trop vieux, que sa voix était éraillée, qu'il chevrotait ! Chevroter ! Un ancien pensionnaire de la *scuola* Sant'Angeli ! C'était impensable ! La technique qu'on leur enseignait leur permettait de chanter jusqu'à leur dernière heure ! Ils poussaient leur ultime soupir en *fa* majeur !

— Chevroter ! Moi ! Le grand Piccolino !

Pour démontrer l'inanité de cette accusation, il se lança dans une mélopée virevoltante qui aurait dû s'achever sur un *sol* dièse et sombra dans les tréfonds d'un *si* bémol. Mais il était patent qu'il ne chevrotait pas. Dans ce cas, pourquoi M. Berger avait-il menti, à lui, à Voltaire, et à Melpomène, la Muse de l'art lyrique ? L'écrivain se demanda tout à coup s'il n'avait pas été manipulé depuis le début. Chacun lui mentait, ce qui était habituel, mais jusqu'à la personne qui l'avait chargé d'enquêter, ce qui l'était moins.

Piccolini avait chanté : le tavernier renouvela sa consommation et celle de son ami, le cueilleur de tabac en rupture de ban qui commençait à voir les castrats en double. Le chanteur siffla son verre d'alcool comme s'il buvait du lait et reprit son lamento. Comment Jélyotte avait-il pu lui infliger ça ! Il faisait pour ainsi dire partie de la famille ! Comment papa Grichon avait-il accepté cette injustice ? Ce commerçant s'était pourtant montré assez avisé pour amasser un formidable pactole. Papa Grichon et lui partageaient les mêmes intérêts : le travail, la persévérance et le jeune Pierre. Désormais, plus personne n'acceptait de le recevoir sur le pont Notre-Dame ! On ne lui parlait plus, on ne lui donnait plus de nouvelles ! Un pesteux des marais du Latium ! On ne l'aurait pas fui davantage s'il avait eu la malaria ! Tous ses efforts pour plaider sa cause auprès de papa Grichon avaient été vains, il y avait toujours entre eux cette fille, cette femme, cette garce, cette *puttana*, cette…

— Claveciniste, compléta Voltaire pour mettre fin à l'énumération.

Impossible d'obtenir la moindre explication. Papa Grichon l'aurait écouté, lui, cet homme était bon et sans fierté, c'était sûrement pourquoi on avait élevé ce barrage entre eux. Il n'y avait plus rien à faire. Juste boire, chanter et oublier. Sombrer dans la déchéance et dans le ratafia ! Un artiste tel que lui !

— Jé fé dé sacrifices pour arriver là où jé souis !

— On m'a dit cela, compatit Voltaire.

— Jélyotte, jé loui ai tout appris !

« Sauf le français », se dit l'écrivain.

Voltaire était ému et un peu rond. Il découvrait de la perception et du tragique chez ce Napolitain. Il monta sur le banc et apostropha leurs ennemis imaginaires.

— Un Nègre n'a-t-il pas des yeux ? Un Nègre n'a-t-il pas des mains, des organes, des dimensions, des sens, de l'affection, de la passion ? N'est-il pas nourri avec la même nourriture, blessé par les mêmes armes, exposé aux mêmes maladies, soigné de la même façon, dans la chaleur et le froid du même hiver et du même été que les Blancs ? Si vous nous piquez, ne saignons-nous pas ? Si vous nous chatouillez, ne rions-nous pas ? Si vous nous empoisonnez, ne mourons-nous pas ? Et si vous nous bafouez, ne nous vengerons-nous pas ?[1]

---

1. Shakespeare, *Le Marchand de Venise*.

Piccolini lui ouvrit les bras pour une accolade entre victimes.

— Tu es mon frère ! dit Voltaire.

— Tou é mon frère aussi !

C'était l'Internationale des ivrognes.

L'écrivain était ravi, il touchait au but, la cause de la nervosité du ténor était établie. Il ne restait plus qu'à réconcilier les deux hommes afin que Jélyotte puisse chanter un bel opéra devant Louis XV sans proférer aucun gros mot. Dr Voltaire allait vider l'abcès.

— Assez de mensonges ! Parlez-moi de la vraie pomme de discorde entre vous et Jélyotte !

— Pardon ? dit le castrat.

Voltaire expliqua qu'il savait tout, il répéta ce que lui avait raconté Évrard Cordebœuf : l'ignoble tromperie, les manigances, le coup monté contre Piccolini pour lui voler ses secrets, à la suite de quoi le directeur Berger avait donné à Jélyotte les premiers rôles autrefois réservés au castrat.

Ce dernier parut surpris et furibond. Sa déchéance était donc de notoriété publique. Tout Paris se moquait de lui, jusqu'aux Noirs alcooliques !

— Mon pauvré Pierre ! Il ne m'a pas fé ça ! On l'a manipoulé !

Il se leva vivement.

— Une chanson ! Une chanson ! scandèrent les clients.

— Demandez à Jélyotte ! leur lança-t-il.

Il quitta la guinguette d'un pas qui avait retrouvé toute sa vigueur et disparut dans la nuit. À travers les brumes de sa boisson hygiénique, Voltaire se demanda s'il venait de faire avancer son enquête ou de la couler.

L'heure était trop tardive pour courir à Montrouge se faire ouvrir le château. Il marcha jusqu'à l'auberge où vivait sa marquise. Mme de Trou-Bonbon était déjà couchée. Il ne se sentit pas le courage de gravir l'escalier jusqu'à la soupente et gagna plutôt les cuisines, avec l'intention de grignoter un bout de pain qui épongerait un peu la tisane alcoolisée. Quelques domestiques étaient groupés autour de l'âtre pour jouer aux cartes, se raconter des histoires et gratter de la mandoline.

Vendredi avait la démarche hésitante d'un cueilleur de bananes qui a abusé du rhum planteur.

— Ta maîtresse sait que tu te cuites en douce pendant tes heures de liberté ? demanda un valet.

— La liberté ne se monnaie pas ! Liberté pour les Noirs ! À bas l'esclavage ! Tolérance ! Tolérance !

— Il est gris.

— Allez Vendredi ! Viens donc t'asseoir ! Et mets une blouse, tu vas tacher ta jolie livrée ! Ta maîtresse te donnerait du bâton !

On lui offrit un quignon.

— Je te trouve bien mélancolique.

— Que voulez-vous ! répondit l'ancien esclave. J'ai la blouse !

Il reprit l'air de la mandoline pour chanter sa tristesse.

Toute la musique que j'aime,
Elle vient de là, elle vient d'la blouse…

On lui demanda si c'était le chant traditionnel des coupeurs de canne à sucre.

— C'est de moi. Je l'appellerai *La Blouse.*

— À mon avis, tu vas prendre une veste.

CHAPITRE DIX-NEUVIÈME

Où Voltaire remporte une victoire à la Pyrrhus.

Le lendemain, à son réveil, Vendredi se ressentit quelque peu des excès de la veille. Quand il vint prendre son service auprès de Mme de Trou-Bonbon, sa bonne maîtresse lui avait préparé une surprise.

— Je vous ai acheté un joli chapeau de paille pour parfaire votre costume. Vous aurez l'air de rentrer des champs de coton.

Voltaire savait bien qu'il aurait dû se sentir offusqué, rabaissé, humilié, mais jamais il n'avait su résister à l'attrait d'un joli chapeau. Il le posa sur sa tête pour se mirer dans la glace et voir s'il lui seyait au teint. C'était exactement ce qui manquait pour conférer une authenticité champêtre à son beau visage d'écrivain.

Ils avaient rendez-vous devant l'Académie de musique pour profiter de la voiture du directeur Berger. Outre la planteuse et son oncle Tom, il y avait Jean-Philippe Rameau, visiblement déconcerté par la présence du cultivateur d'indigo.

— C'est moi, dit Voltaire. Votre librettiste.

— Ah, dit Rameau. J'ai bien fait d'accepter de collaborer avec vous.

Quand il disait quelque chose d'aimable, c'était en général qu'il pensait le contraire.

Voltaire profita du trajet pour présenter son rapport à Jean-François Berger. Il avait accompli sa mission et s'était efforcé de rassurer Jélyotte. Il avait été massé par la fiancée du ténor, la belle Héloïse Montretout, les chausseurs Ventajour lui avaient raconté le suicide d'amour de leur fille, l'abbé Cordebœuf lui avait expliqué en quoi ce chanteur était une crapule, et enfin il s'était enivré avec Piccolino, ce castrat à qui Jélyotte avait tout pris, son talent, son amitié, ses rôles. Bref, tout allait bien.

Rameau affirma qu'en tout cas, les dernières répétitions s'étaient passées au mieux. Jélyotte avait recouvré ses moyens, il parviendrait sans doute à se produire devant le roi sans commettre un crime de lèse-majesté.

— Ah ! Vous voyez ! dit Voltaire. J'ai réussi !

Une petite musique s'éleva dans la voiture. Un gracieux carillon sortait de la poche du directeur.

— Ah, mais c'est mon *Frère Jacques* ! dit Rameau.

Berger s'était offert une montre à répétition qui jouait ce canon chaque fois qu'elle marquait l'heure pile. Il y voyait un hommage au célèbre génie qui faisait la gloire de son Académie de musique. Et puis ça lui avait permis de faire entrer la commande dans son budget, à la ligne « création musicale de M. Rameau ». Ce dernier n'en fut pas transporté de joie. Rameau, compositeur pour horlogers ! Il ne manquait plus que de voir les enfants en faire une comptine !

Une paire d'heures plus tard, le carrosse arrivait en vue de Versailles. L'important, pour la marquise et son Nègre, était d'atteindre le château sans être interceptés par la police. Passé la grille, ils seraient sous la protection du roi. Au château, l'ordre était assuré par le Grand Prévôt de France, qui ne répondait que devant Sa Majesté. Or le Grand Prévôt ne s'intéressait pas aux enquêtes en cours à Paris, et le roi n'avait pas donné d'ordre pour arrêter Voltaire. Sa Majesté ne se souciait pas des affaires de meurtres, elle avait de plus hautes préoccupations, comme par exemple, ce soir, d'écouter un opéra.

Le duc de La Vallière, Grand Fauconnier de la Couronne chargé des petits amusements, avait accepté de prêter son appartement à son ami Voltaire, qui entrait tout à fait dans la catégorie.

M. de La Vallière comptait au nombre des souvenirs du règne précédent que Louis XIV avait légués à Louis XV. Il devait sa fortune, son titre et sa pairie à la liaison de son arrière-grand-tante, Louise de La Vallière, avec le Roi-Soleil. On pouvait admirer dans son salon un portrait en pied de la favorite, dont le seul fils était mort jeune, si bien que ses neveux, les La Vallière de maintenant, n'avaient même pas eu à descendre d'une coucherie pour gravir l'échelle sociale : c'était l'argent du péché sans le poids de la honte.

Voltaire en profita pour se démaquiller. Un phénix ressurgi de ses cendres quitta l'appartement pour rejoindre le Grand Manège où allait être représenté son *Temple de la Gloire*.

Situé à droite quand on regardait le château, le manège de la Grande Écurie servait alors de théâtre. C'était à l'origine un vaste espace oblong dédié au dressage des chevaux, doté d'immenses ouvertures en arches. Les architectes des Menus Plaisirs avaient supprimé poteaux et cloisons pour créer un bel espace en bois peint dans le style rocaille. Il pouvait se changer en salle de bal et servir ainsi aux deux principaux divertissements de la Cour. De superbes lustres en cristal pendaient de la charpente, au bout de longues chaînes enrobées de velours. Le fond de la pièce était occupé par une estrade surmontée d'un décor de colonnes romaines en carton avec une toile peinte qui donnait une impression de perspective. Au milieu de la scène s'élevait le fameux temple de la Gloire où les héros grecs et les écrivains français rêvaient d'entrer.

Si vaste qu'elle fût, la salle était trop petite pour contenir tous les courtisans qui prétendaient assister au spectacle. Ils se pressaient, se bousculaient, les huissiers criaient : « Bourrez ! », on s'écrasait pour la plus grande joie du librettiste.

— C'est bien ! S'il pouvait y avoir quelques morts, quelle réclame pour mon œuvre !

Il fallut faire sortir une partie du public, on ne comptait plus les pâmoisons et les étouffements. Voltaire était aux anges.

— Je suis une idole sacrée ! On se tue pour moi !

Des loges avaient été aménagées sur deux niveaux. Le devant du parterre restait dégagé pour que Leurs Majestés n'aient personne entre leurs fauteuils et la rambarde ajourée qui les séparait de l'orchestre. Danseurs et chanteurs étaient vêtus comme pour un Nouvel An dans la galerie des Glaces. Tout n'était que luxe dispendieux. Il s'agissait moins de glorifier les succès des armées royales que de flatter leur maître à tous.

— Qu'est-ce que Rameau ? demanda Philibert Orry, le contrôleur général des Finances.

— C'est de la culture française, dit une dame.

— Je croyais que cela n'existait pas.

— Il y a Rameau.

Il y avait aussi la cuisine, les produits de la terre, la couture, la littérature et tous les arts en général, la façon de vivre et la façon de penser, l'esprit français, tout ce qui faisait qu'un sujet du roi de France n'était pas interchangeable avec un sujet du Grand Moghol, ou même avec un Anglais ou un Allemand qui avaient des préoccupations et une manière d'envisager le monde très différentes. Voltaire se dit qu'un ministre aurait dû mieux connaître le peuple qu'il ambitionnait de gouverner. Cette incompréhension nous préparait quelques fâcheuses déconvenues.

Le sujet de l'opéra était un concours entre trois héros de guerre qui se présentaient successivement à la Gloire pour entrer dans son temple. D'abord le roi de Babylone, conquérant injuste et sanguinaire ; puis Bacchus, ivrogne et fornicateur ; enfin, l'empereur Trajan, vainqueur de la bataille de Fontenus, et la Gloire fondait du haut des cieux pour le couronner de lauriers. Au dernier acte, les Romains en perruque poudrée et les Romaines en robe à panier dansaient un ballet en son honneur.

Il y avait aussi un prologue où l'Envie, représentée en sorcière jalouse du vrai talent, arborait le cordon de l'ordre de Saint-Michel, dont un poète ennemi de Voltaire avait été gratifié récemment. La Cour fut un peu déboussolée par cette personnification des adversaires du librettiste, échevelée, grise et grimaçante, qui traversa la scène à plusieurs reprises en poussant des grognements.

Le texte du *Temple de la Gloire* invitait Louis XV à imiter le modèle du monarque éclairé personnifié par Trajan. Il y avait aussi des allusions à sa vie privée avec sa maîtresse précédente, la défunte duchesse de Châteauroux, ce qui n'était pas très délicat pour la Pompadour. Le roi se sentit incapable de pratiquer les vertus qu'on exigeait de lui, et de toute façon il n'aimait pas s'entendre donner des conseils par des écrivains.

Marie Fel chanta très bien la Muse mélancolique au premier acte, la princesse délaissée au deuxième et la Romaine compassée au troisième. Son expression d'ennui poli aurait pu contrarier Rameau s'il avait eu d'autre préoccupation que de l'entendre pousser la note juste dans le tempo indiqué par la partition ; après cela, Mlle Fel pouvait avoir l'air de penser à la crème pâtissière qu'elle avait ratée la veille au soir, le compositeur n'en avait cure.

À la fin de son grand air, Jélyotte alias Trajan fut recouvert de paillettes d'or.

— Ferme la bouche, cria Voltaire, tu vas avaler les confettis !

Au moment des applaudissements, l'écrivain se crut convié à monter sur scène, comme aux premières de ses tragédies. Il se glissa entre deux chanteuses et s'inclina avec elles devant la Cour, qui se demanda ce que c'était que ce lutin à long nez, en perruque démodée, qui n'avait pas joué dans la pièce.

Les applaudissements reprirent quand Jélyotte reparut dans sa cuirasse impériale. C'était de l'hystérie.

— Qu'est-ce qu'il a de plus que moi ? dit Voltaire.

— Grand. Beau, répondit Marie Fel. Jeune. Bien fait. Une voix d'or. Sympathique.

— N'est-ce pas ? Il a dû les hypnotiser !

Le ténor fut présenté à la reine ainsi que son vieux papa Grichon, qu'on avait attifé, maquillé et poudré comme un pantin grotesque. Voltaire se fraya un chemin jusqu'au roi, il avait une déclaration à faire.

— Je n'ai écrit cette œuvre que pour servir la gloire de Votre Majesté !

Il fit la révérence. Comme le roi ne répondait rien, quelqu'un lui indiqua que M. de Voltaire avait interrompu ses importants travaux pour écrire ce livret.

— J'étudie en ce moment les révolutions des planètes, précisa l'auteur.

Le roi se détourna pour ne plus s'entretenir qu'avec Rameau.

— Vous êtes d'une maladresse ! dit Émilie. Parler de révolution devant le roi !

— Pourtant, elles tournent !

Sa Majesté n'avait pas non plus été enchantée d'avoir vu la royauté peinte sous les traits d'un monarque brutal, puis d'un alcoolique : c'était un hommage à la Voltaire.

— Vous envoyez des compliments comme on envoie des gifles ! lui reprocha sa marquise.

Trois soirs par semaine, le roi soupait en public devant les personnes qui étaient à Versailles. Selon un rituel institué par son bisaïeul, il se montrait à son peuple dans une activité commune à tout le monde. À la différence de son ancêtre, Louis XV préférait un repas rapide et cadencé qui ne se prolongeait pas au-delà d'une heure trente. Le salon pouvait contenir une centaine de visiteurs et quelques musiciens. Les gens de passage admis à rester debout face à la table royale devaient être vêtus à la française, y compris les étrangers, et le plus richement possible. Le menu se composait de toutes les denrées de saison disponibles dans le royaume. On sortait à cette occasion la vaisselle d'or, non par gloriole mais en l'honneur du peuple qui l'avait payée. Il arrivait à Sa Majesté de s'entretenir avec une personne de l'assistance. Ce soir-là, ce fut Rameau, au grand dam du librettiste à qui nul ne demanda comment il avait eu l'idée des souverains ivrognes, brutaux et libidineux.

Le Grand Couvert était à la française : les mets de chaque service, exposés ensemble sur la table, formaient des motifs symétriques, les plus importants au centre, les secondaires en périphérie, comme les planètes autour du Soleil. Il comprenait huit « potages » (viandes ou volailles en sauce), dix entrées (jambon, saucisses, pâtés), quatre rôtis (viandes ou poissons à la broche), huit entremets (ris de veau, hachis, gelées, œufs, champignons), deux salades, quatre fruits (en confiture, secs ou de saison) et six compotes (tartes, gâteaux, biscuits). C'était beaucoup moins que du temps de Louis XIV. Rien n'était perdu, les restes étaient offerts aux gentilshommes employés à la Cour, puis, après eux, aux serviteurs, et le reliquat revendu aux traiteurs de Versailles ou abandonné aux pauvres.

Le roi fit grand compliment à Rameau de sa musique, il l'invita à prendre place sur un tabouret et à goûter un faisan qu'il avait tué lui-même. Il ne fit pas à Voltaire l'aumône d'une aile de pigeon.

CHAPITRE VINGTIÈME

Où Voltaire fuit l'absolutisme et la viande froide.

Vers la fin de cette décevante soirée, Voltaire errait dans les escaliers de Versailles, loin de la musique, du brouhaha des conversations, de la fête... Quel échec ! Il avait espéré remporter les lauriers de César et n'avait reçu que des coups de poignard !

Comme il regagnait l'appartement du duc de La Vallière, occupé à rire avec les autres aux plaisanteries de Rameau et du roi, il vit par une fenêtre Espérance Béranger, l'assistante du directeur, monter dans un tonneau, ces voitures qui faisaient la navette avec Paris. Il se promit de l'imiter sous peu, dès qu'un habile maquillage lui aurait permis d'entrer dans la capitale en toute sécurité. L'heure était venue de reprendre l'apparence qui correspondait le mieux à son statut d'esclave, d'incompris, de rebut, de réformateur dont personne ne voulait. Il entrevoyait d'un œil sombre les éventualités de la retraite, du suicide ou d'un exil à Berlin, cité lointaine qu'il atteindrait peut-être si les loups ne le dévoraient pas en chemin.

Quelqu'un avait déjà subi un sort comparable. Une jambe gisait en travers du parquet des La Vallière. En s'avançant un peu, il découvrit le reste d'une anatomie qui ne valait guère mieux. Un homme était étendu sur le ventre, la face contre le sol. Il n'eut pas besoin de le retourner pour savoir qui c'était. Ce pourpoint de chez Tilbury, ces bas en soie de Chine premier choix, ces souliers en cuir de bufflonne trois ans d'âge... Le doute n'était pas permis : c'était Jean-François Berger !

Le directeur de l'Académie de musique avait le cou ficelé dans un accessoire brillant qui ne se portait pas là habituellement : une fine chaîne dorée à laquelle pendait une montre. La montre y était toujours – le vol n'était donc pas le mobile du meurtre. Car c'était bien un meurtre, à moins que la victime se soit étranglée elle-même jusqu'à boursoufler ses chairs en y incrustant les maillons d'or. La seule chose qui bougeait encore sur M. Berger, c'était l'aiguille du cadran.

Voltaire regarda plus attentivement l'objet, une observation pleine d'enseignement. Il fut certain de tenir un précieux indice sur l'identité de l'assassin. Hélas, pour l'heure, il avait d'autres priorités que de courir après l'étrangleur. On aurait tôt fait de mettre cet événement sur le dos d'un honnête écrivain qui n'avait jamais meurtri son prochain autrement qu'avec des piques et des pointes. Il se lança dans une double opération, le nettoyage des traces de son passage, puis le tartinage de cirage pour dissimuler l'auteur maudit sous l'apparence de l'esclave maudit aussi. Le trumeau de la cheminée lui renvoya une image parfaitement anonyme : avec sa perruque poudrée, il ressemblait à un marron glacé nappé de crème Chantilly. Quand la pièce lui parut tout à fait nette et sa personne tout à fait sombre, il s'enfuit en tâchant de ne pas céder à la panique.

Où était la voiture de Berger ? Berger ! C'était lui qui les avait amenés ! Comment convaincre son cocher de partir sans l'attendre ? Les autres passagers ne seraient pas disposés à regagner la capitale avant le milieu de la nuit, voire le petit matin pour ce qui était de Rameau, si Sa Majesté persistait à le câliner. Ce souvenir arracha à l'écrivain un râle d'agonie. Décidément cette soirée était une avalanche de catastrophes.

Il tomba sur Émilie.

— Aidez-moi à rentrer !

— Je ne peux pas, il y a jeu chez la reine. Auriez-vous cinq louis ?

— Je dois fuir cet endroit !

Un garde approchait, il se cacha derrière ses jupes.

— Écoutez, je sais que le roi n'a pas été très gentil avec vous, mais ce n'est pas une raison pour vous croire en danger !

— S'ils m'attrapent, ils me roueront en place de Grève !

— Vous avez le délire de la persécution !

— Oui. C'est pourquoi il ne faut pas me persécuter.

Un ballet de gardes se fit subitement depuis les jardins jusqu'aux grilles. Les Suisses annoncèrent qu'un outrage avait été commis.

— Qu'avez-vous encore fait ? demanda Émilie.

Son Noir eut l'expression de l'esclave injustement soupçonné d'avoir dérobé des bananes.

Le bruit courait qu'on avait vu un Nègre quitter l'appartement du crime. Émilie le regarda avec réprobation.

— Vous avez encore fait des vôtres.

— Moi ? Pas du tout. Vous avez entendu : ils recherchent un Noir.

L'officier qui lisait l'annonce compléta le portrait : plutôt petit, le nez long, les yeux étincelants de malice.

— Vous voyez : ce n'est pas du tout moi.

— En effet, ils n'ont pas dit que ce Noir avait écrit *Les Lettres philosophiques*.

Il eut besoin de s'asseoir. Rameau passait justement avec, à la main, la tabatière ornée de diamants que Sa Majesté venait de lui offrir pour lui marquer son admiration.

— Quelle affaire, hein ? dit le compositeur.

On cherchait le coupable parmi l'entourage du directeur de l'Académie de musique, car la victime ne s'était pas méfiée et rien ne lui avait été dérobé. Le suspect était courtaud (Voltaire se redressa), il avait un regard de fou furieux (il se mit à sourire béatement), et la peau noire (il emprunta le poudrier de la marquise et s'envoya un grand nuage de blanc dans la figure). Il ressemblait désormais à un dessin au fusain à moitié terminé.

— Ne suis-je pas aussi blanc que possible ?

— Si vous arrêtez de bouger, on croira que vous êtes mort, dit Émilie.

Du côté des gardes, on s'agitait, on s'exclamait, on conspuait. Le Grand Prévôt fit saisir tous les Noirs du château, ils durent se mettre en ligne devant le porteur de seaux d'aisance qui avait vu l'assassin quitter le lieu du crime. Le service du roi comptait quelques personnes à la peau mate. Il y avait les employés de la ménagerie qui soignaient l'éléphant et les fauves, ceux qui arboraient la livrée de courtisans épris d'exotisme, et les Indiens de Pondichéry ou de Chandernagor, en turban brodé de perles, chargés de tenir la traîne des duchesses. Chacun avait une physionomie différente, sans parler des femmes. Le témoin n'arrivait pas à se déterminer.

— Trop grand. Trop gros. Trop jeune. Trop de poitrine.

Voltaire suivit l'examen d'un œil critique, à demi caché derrière sa marquise.

— Regardez-moi ça ! Je fais le Nègre beaucoup mieux qu'eux !

Vu l'échec de la confrontation, les invités furent confinés dans le Grand Commun à fin d'interrogatoire. C'était un gros édifice séparé du château par une cour. On les enferma dans la salle à manger des gentilshommes servants, à l'angle de la rue de la Surintendance. Les quinze principaux titulaires d'une charge avaient l'habitude de souper là, dans une pièce appelée « le serdeau » par référence aux « serviteurs d'eau ». Les maîtres des lieux protestèrent.

— Mais ! Où souperons-nous ?

— Qui songe à souper quand un meurtre a été commis dans la maison du roi ? répondit le capitaine des gardes.

On avait d'abord pensé les enfermer dans la chapelle, mais la présence éventuelle parmi eux d'un assassin rendait cette idée sacrilège. Au contraire, les marmites et les sacs de farine ne risquaient pas la corruption du vice et de la violence.

Les reclus avaient au moins de quoi se restaurer. Les valets avaient déjà transporté ici les plats, pour la plupart intacts, qui avaient figuré à la table du roi : écrevisses à la Condé, matelote à l'Amiral, truffes à la Maréchale, morue au Dauphin, poularde à la Royale, pigeons à l'Éminence, épaule d'agneau à la Reine, tarte à la Duchesse.

Voltaireyfutpousséaveclesautres,contrairement à Rameau, qui discutait musique avec Louis XV à l'heure du crime. D'une manière générale, les hôtes personnels de Sa Majesté étaient dispensés de ce contretemps. Le roi constituait un alibi idéal que le Grand Prévôt n'allait pas s'aventurer à contester. Voltaire se lamentait. Pourquoi n'était-il pas, lui aussi, occupé à déguster des ortolans au moment fatidique ? Décidément, les écrivains étaient la cinquième roue du carrosse royal ! Il était urgent de réformer tout ça, il avait bien raison de s'y employer. Au reste, s'il avait été moins critique envers les institutions, il aurait mangé des biscuits à la crème dans de la vaisselle d'or au lieu d'errer dans les étages avec les assassins. On n'était pas récompensé de ses efforts envers l'humanité !

Les femmes n'étaient pas inquiétées, on cherchait un homme, noir de préférence, mais à défaut un philosophe ferait aussi l'affaire. Voltaire sentit la nécessité de s'échapper avant qu'on ne s'aperçoive que la philosophie n'avait pas grand-chose à répondre quand on l'accusait d'avoir enfreint la loi.

En attendant de déclarer qu'ils n'avaient rien à dire, la plupart de ces messieurs tuaient le temps en se repaissant des restes de la monarchie. La profusion de nourriture était telle que, même après le passage des gentilshommes servants, les officiers de bouche auraient d'abondants reliquats à revendre aux restaurateurs. Ceux-ci avaient obtenu la permission d'établir le long du Grand Commun des échoppes de bois ou de plâtre coiffées d'ardoises. Ces édicules s'appuyaient contre le mur du bâtiment, juste sous les fenêtres du premier étage. C'était comme un appel, une voix qui susurrait : « Ta place n'est pas ici ! Fuis l'absolutisme ! »

Il enjamba le garde-fou qui ne gardait plus rien, se laissa tomber avec grâce et légèreté sur le toit d'un charcutier-traiteur, et rejoignit le sol pavé sans faire plus de bruit qu'une publication d'un de ses ennemis.

La ruelle était bordée d'une succession de paillottes où des cuisiniers s'activaient pour transformer les rebuts de Sa Majesté en festin de Lucullus. Le morceau de viande boudé par les grands du royaume était bichonné pour prendre l'aspect brillant et complètement artificiel qui ferait de lui l'ornement des tables bourgeoises. On le cuisinait, on l'arrangeait, l'habillait, le fardait, le peignait, au besoin on le nappait d'une jolie sauce pour masquer un début de corruption. Les mélanges de plusieurs plats devenaient « arlequinades », les ragoûts « salmigondis », les salades « macédoines », les fonds de vin « ripopées », l'équivalent du pot-pourri en parfumerie ou, en littérature, du cadavre exquis. On n'avait plus qu'à les réchauffer chez soi ou à les consommer froids. Ce système était très commode pour les courtisans aux appartements dépourvus de cuisine. Une fois ces travaux terminés, les traiteurs annonçaient le résultat :

— Tarte royale abricot-pêche-cerise ! Bouchées à la reine ! Omelette Pompadour !

Le fugitif avait quitté le Grand Commun, mais non le domaine royal. Il importait de rester discret, surtout au passage des gardes qui allaient et venaient d'un pas nerveux après avoir été réprimandés. Sa Majesté payait fort bien ses Suisses, ses huissiers, ses mousquetaires, ses officiers, ce n'était pas pour laisser des criminels sévir dans sa proximité, la bévue faisait tache.

À force d'errer dans les couloirs, il parvint au vestiaire des pages. C'étaient des garçons de la noblesse qu'on élevait en pensionnat. En échange, ils étaient priés de parader les jours de réception, vêtus d'un joli uniforme. Le service consistait principalement à porter les chandeliers pour éclairer Leurs Majestés et à faire circuler les billets entre les salons. Voltaire vit l'occasion de se faufiler hors de ce piège à souris ; la souris avait de la ressource et ne reculait devant aucune audace. Il enfila un habit de page en soie bleue à galon d'or. La double couche de maquillage qu'il portait sur la figure, noire en dessous, blanche au-dessus, empâtait ses traits au point de leur donner un aspect poupin parfaitement lisse. Il se donnait à lui-même quatorze ans tout au plus. Pour renforcer cette impression, il gagna la sortie en sautillant.

— Hep, hep, l'asticot ! cria un officier des gardes. Rends-toi utile, mon garçon !

Il lui confia un candélabre et l'envoya rejoindre la file des gamins chargés d'éclairer les invités qui retournaient à leurs carrosses.

— Voyez comme ils sont mignons ! dit une dame. Il paraît qu'on les choisit sur leur bonne mine.

L'un d'eux leur parut très vilain pour son âge.

— Voilà l'effet des mariages consanguins, ma chère. À quinze ans, ils sont usés comme à cinquante.

Le vilain page leur abandonna son chandelier et s'engouffra dans une petite voiture à un seul cheval.

— Service du roi ! À Paris ! Fouette cocher !

Le conducteur se fia au costume, il lança son animal sur la route de la capitale pour conduire Riquet à la Houppe là où le roi souhaitait qu'il aille.

CHAPITRE VINGT-ET-UNIÈME

Où il vaut mieux avoir Voltaire en portrait qu'en pension.

L'évadé ne perdit pas les deux heures du trajet. On recherchait un Noir à Versailles, mais à Paris c'était un philosophe bien blanc qui était suspect. Il marquait tous les lieux de son empreinte, grâce à lui la philosophie ne passait pas inaperçue. Le plus difficile fut de se faire un raccord de cirage sans maculer ses dentelles.

— Moins de cahots, s'il vous plaît, cocher !

Une fois à destination, cet homme eut la surprise de voir un Nègre quitter la voiture où était monté un page. Il avait besoin de repos.

— Je vous salue, Paris pleine de crasse ! dit Voltaire en posant son soulier verni dans la boue de la rue.

Il était dans ce Quartier latin où résidait certain tâcheron de sa connaissance. Ce brave homme l'admirait, l'adorait, l'adulait, il ne refuserait pas de lui rendre un minuscule service : le cacher de la police au risque de finir supplicié en place publique pour complicité d'assassinat.

Le petit Jean-Jacques lui avait dit qu'il logeait rue des Cordiers, entre la Sorbonne et le jardin du Luxembourg, un lieu sordide voué aux fabricants de cordes. Au moins, si Voltaire décidait finalement de se pendre, il n'aurait pas à chercher loin le matériel. On n'y trouvait qu'un seul meublé, l'hôtel Saint-Quentin, dont l'allure ne tranchait guère sur le paysage. Pour se faire ouvrir à cette heure tardive, Vendredi déclara qu'il était chargé par son maître, le Dr Schweitzer, de livrer un lot de ventouses à un nommé Rousseau pour son traitement contre la neurasthénie. Le gardien s'empressa d'ouvrir au commissionnaire, il ne fallait pas différer l'application d'un remède dont ce ronchonneur avait grand besoin.

Le neurasthénique du troisième entendit gratter à la porte du palier.

— Qui est-ce ?

— C'est votweu bon Noiw Vendwedi qui vous appowte les secouws de la science !

Ce discours plongea Rousseau dans la perplexité. Il n'avait rien commandé, il s'apprêtait à moucher la chandelle après avoir peiné toute la soirée sur les travaux de rapetassage imposés par Rameau et par son librettiste. Quelle ne fut pas sa surprise de voir ce dernier se précipiter à l'intérieur de sa chambrette. Sa surprise ne venait pas du fait que l'écrivain avait passé sa figure au cirage. Le plus surprenant était de voir un personnage tout de même assez imbu de sa personne se commettre dans un meublé pour auteurs débutants.

— Dites-moi, c'est un gourbi, ici.

— C'est tout ce que je peux m'offrir avec ce que vous me payez.

— Ah, mais vous êtes au large ! Il y a de l'air ! Vous êtes bien installé !

Selon Rousseau, des hommes de grand mérite tels que MM. Greffet et de Bordes, les abbés de Mably et de Condillac, ne dédaignaient pas d'y séjourner.

— Connais pas.

Rousseau cita un M. de Bonnefond, hobereau boiteux, plaideur, qui lui avait fait connaître Diderot.

— Connais pas. Ni l'un ni l'autre.

— M. Diderot est un philosophe que l'on menace d'incarcérer au château de Vincennes.

— Alors là, mon jeune ami, un conseil : méfiez-vous ! Triez vos fréquentations ! On vous poursuivra bien assez pour vos écrits, ne vous chargez pas des fardeaux des autres ! Contentez-vous de tripoter vos vieilles dames !

Il y avait des partitions dans tous les coins, Rousseau vivotait en donnant des leçons de composition. Voltaire lui reprocha de vivre seul : la solitude prédisposait à perdre la raison, qui était le seul point d'accord des humains entre eux.

— Fuyez-vous quelque chose ? demanda le jeune homme.

— Oui. Les préjugés.

Voltaire était la victime d'une suite de malentendus. Soupçonné d'assassinat à Paris à cause d'un éventail, il s'était réfugié à Versailles, où on l'accusait d'étrangler les gens avec une chaîne de montre.

Jean-Jacques Rousseau trouva cette existence philosophique extrêmement trépidante. Il se félicita de s'être orienté vers la musique.

— Bref, vous êtes pourchassé.

— Oui ! Ce gouvernement souffle le chaud et l'effroi !

Quelle idée avait-on d'imaginer qu'il ait pu assassiner Jean-François Berger ! Il le connaissait à peine ! Alors qu'il y avait tant de gens de sa connaissance qu'il aurait étranglés avec plaisir !

— Berger ? répéta Rousseau. Le directeur de l'Académie de musique ? Calamité !

— Certes, admit Voltaire, c'est une petite catastrophe.

Une autre s'abattit sur Rousseau lorsque Voltaire lui fit l'immense honneur d'accepter son hospitalité.

— Vous comprenez, je dois me cacher là où nul ne m'imaginerait. Le plus sale, le plus délabré, le plus médiocre sera le mieux.

L'immense honneur commença par obliger le locataire à céder son lit : c'était l'heure où son hôte désirait se reposer de ses efforts intellectuels. Rousseau lui prêta une chemise qui n'était pas en coton et grattait un peu. Il eut l'honneur de voir les jambes nues de son invité qui se livrait à des ablutions que l'abus de cirage rendait nécessaires, puis il eut l'honneur de s'allonger sur un tas de couvertures jetées sur le plancher – « Quelle idée de n'avoir pas un deuxième matelas ! C'est très utile quand on reçoit, vous savez ! ». Il eut enfin l'honneur de grommeler « bonne nuit » à la personne qui occupait sa couche et qui se mit bientôt à ronfler du sommeil du juste ou de ce qui en tenait lieu.

Le déjeuner de l'hôtel Saint-Quentin se prenait à la table d'hôte. Rousseau mit en garde son invité : il y avait ici des gens de bonne compagnie qui pouvaient le reconnaître, il était si célèbre.

— Ils ne me dénonceraient pas ! répondit l'écrivain en fuite.

— Certes, je suis sûr que vous vous entendez bien avec tout le monde et que vous n'avez aucun ennemi, dit Rousseau.

— Avez-vous du cirage ?

Lorsqu'ils descendirent l'escalier, Rousseau eut droit à une recommandation :

— Évitez d'exprimer des idées politiques qui risqueraient de n'être pas élégantes.

Ils rencontrèrent une jeune servante chargée de draps. Voltaire poussa Rousseau du coude.

— Tenez ! Voilà une personne qui saurait tenir votre ménage !

Rousseau rougit.

Dans la salle à manger les attendait leur hôtesse, Mme Vauquer, native d'Orléans. La lingère, une pauvre fille du même pays, se nommait Thérèse. Elle avait un maintien modeste, des yeux vifs, et envoyait tout son revenu à ses parents, qui étaient vieux et sans le sou. À table, ils rencontrèrent M. de Bonnefond, érudit un peu pédant, dont l'épouse aurait pu être la fille. Voltaire nota que Rousseau faisait la cour à cette dame comme à toutes les femmes qu'il rencontrait. « Il devrait écrire des contes érotiques, ça se vend mieux que les traités sur la musique. » Les autres étaient des abbés irlandais ou gascons et d'autres gens de pareille étoffe. Seul Rousseau se comportait à peu près décemment. Ces messieurs taquinèrent la petite Thérèse, il prit sa défense et s'attira des railleries. Voltaire leva les yeux au ciel. Enfin ! Tout le monde ne pouvait pas prétendre aux marquises !

Il fallut présenter le convive, Rousseau l'affubla du doux nom d'Émile. On lui demanda s'il éduquait Émile.

— En tout cas, j'en sais assez sur lui pour écrire un roman.

Cette Mme Vauquer faisait à Voltaire l'effet d'une personne qui avait beaucoup vécu, sous ses dehors d'aimable bourgeoise. « Elle est humaine, mais elle nous joue la comédie », pensa-t-il.

— Un Nègre ! s'écria-t-elle. Me le prêterez-vous pour ouvrir la porte aux visiteurs ? Ce serait comme chez la duchesse de Noailles !

— Ah, non, protesta Émile. Chez Mme de Noailles, ils sont deux et n'ouvrent pas la porte, ils servent le thé.

Ces natifs des îles se connaissaient donc tous ! On espéra qu'il ne s'offusquait pas des préjugés qu'on avait à son sujet.

— Point du tout, dit Rousseau, il n'est pas susceptible. Hein, Mimile ? ajouta-t-il en lui faisant des pichenettes sur la perruque.

L'intéressé sourit à tout le monde, mais darda son tourmenteur d'un regard vengeur. « Mimile » en avait accablé pour moins que ça de petits vers acides, de libelles tranchants et de diatribes empoisonnées.

— Sait-il lire, au moins ?

Émile répondit qu'il lisait Voltaire. Cet auteur préparait d'ailleurs un nouvel ouvrage.

— Encore un livre ? dit un abbé. Mais il en a déjà publié un ! Cela ne suffit-il pas ?

— Même Dieu a fait deux tomes, monsieur l'abbé.

Mme Vauquer le pria d'essayer un bonnet « à la turque » qu'elle venait de coudre pour un certain

M. Vautrin. On devinait qu'elle avait eu des appas sous le règne de Louis XIV.

— Le temps est un maître cruel, dit Voltaire : la beauté passe, la bêtise reste.

De retour dans la chambre, il se plaignit des pensionnaires.

— Avez-vous remarqué que j'ai fait les frais de la conversation ? Et sans jamais parler de moi ! Je n'ai parlé que des autres !

— Vous n'avez pas arrêté de dire du mal !

— C'est mon côté altruiste.

— Vous avez vanté vos livres !

— La modestie est une vertu inventée par les médiocres pour ne pas entendre parler du talent des autres.

Rousseau évoqua d'autres habitués : un vieil homme dont les deux filles se disputaient les reliquats de sa fortune, un jeune arriviste de province prêt à tout, et ce Vautrin qui semblait garder de noirs secrets.

— Tenez, dit Voltaire, vous devriez écrire cette histoire, je suis sûr que vous trouveriez quelques lecteurs.

Rousseau songeait plutôt à composer des ouvrages de philosophie.

— Ah, dans ce domaine, vous n'arriverez à rien : la place est prise.

Le soir venu, Voltaire s'étendit à nouveau dans les draps de Rousseau qu'il envoya coucher par terre. Au milieu de la nuit, il rêva que la police était venue le traquer jusqu'ici. Le lieutenant général s'attaquait à une partie de son anatomie que la police s'abstenait normalement d'agripper. Il ouvrit les yeux : il se faisait tripoter par la lingère !

— On me prend pour Rousseau ! s'écria-t-il avec horreur.

C'était Thérèse.

— Ne me dites pas que vous êtes épris de cette fille ? reprocha-t-il au jeune homme.

Il vit bien que si.

— Eh bien ! Des goûts et des douleurs !

Les jeunes gens ne pouvaient pas se rencontrer chez Thérèse, la Vauquer aurait entendu le parquet craquer. Voltaire se résigna à leur abandonner la chambre, il s'en fut coucher tout seul dans le réduit de la jeune femme.

Impossible de trouver le sommeil, les événements lui revenaient sans cesse à l'esprit. Tant de faits tragiques s'étaient produits en si peu de temps ! Il était revenu de Bourgogne plein d'allant et d'espoir avec sa bien-aimée, un ami leur avait spontanément offert l'hospitalité place Vendôme, un escroc lui avait soutiré vingt-cinq louis à la faveur de sa bonté naturelle, cet homme avait été empoisonné et jeté dans la Seine – justice immanente ! –, la fille de ses chausseurs s'était noyée, un imprésario douteux avait été poignardé, le directeur de l'Opéra étranglé avec une montre, il avait fallu fuir la place Vendôme, fuir Versailles… Les contrariétés pleuvaient sur lui sans qu'il ait rien fait pour les attirer ! Sans doute était-il né sous une mauvaise étoile, lui qui s'efforçait de passer inaperçu, qui s'entendait à merveille avec tout le monde et qui suivait son petit bonhomme de chemin avec tact et modestie !

Quel rapport pouvait-on établir entre l'empoisonnement d'un vieux malhonnête, le suicide d'une passionnée d'art lyrique, les grossièretés d'un ténor, les turpitudes d'une claveciniste et la strangulation du directeur de l'Opéra ?

La réponse lui apparut comme la colombe à Noé. Espérance Béranger ! L'assistante de Jean-François Berger ! Voilà le lien ! Voilà la suspecte ! Elle travaillait pour l'étranglé de Versailles, elle était notoirement amoureuse du ténor, donc jalouse de la suicidée et de la claveciniste. Pour peu qu'elle ait prêté de l'argent au vieil escroc, la boucle serait bouclée ! C'était elle qu'il fallait boucler !

Il ne restait qu'à fouiner un peu dans la vie secrète d'Espérance. La veuve sanglante de la musique ! La sangsue du bel canto ! La vampiresse de l'Opéra !

Pendant que la police se perdait dans les fausses pistes, Voltaire se proposait de débusquer la meurtrière. Où habitait-elle, la cavalière de l'Apocalypse ? Il devait se rendre chez Berger, il y découvrirait des indices, ou, à défaut, l'adresse de la goule.

Il se remit en Noir et quitta la pension Vauquer.

— À nous deux, Paris !

CHAPITRE VINGT-DEUXIÈME

Comment Voltaire prit un chameau pour aller voir un castor.

Voltaire courut au Palais-Royal où était l'Académie de musique. Il y avait bal, l'activité la plus lucrative de l'Opéra, et la soirée se prolongerait très avant dans la nuit. À la billetterie, on l'informa qu'on ne recevait pas les gens de maison.

— Qué « gens de maison » ? Je suis l'ambassadeur de Son Impériale Splendeur l'empereur du Zimbabwe ! Voulez-vous créer un incident diplomatique entre votre roi et notre Sublime Luminescence qui ordonne au soleil de se lever à l'orient ? Vous auriez tort, car notre monarque bien-aimé possède vingt mille chameaux et trois cents femmes, or je me suis laissé dire que le vôtre n'en avait pas autant !

Le guichetier ignorait combien Louis XV possédait de chameaux – pour les femmes, on en avait une idée plus nette, aussi ne se risqua-t-il pas à provoquer une crise avec le représentant d'un souverain si bien pourvu en tout.

Le bal était masqué, son visage noir fut pris pour un travesti.

— Laissez-moi deviner..., dit une dame. Vous êtes le comte de Clermont !

— En chair et en fards ! dit Voltaire en lui empruntant sa coupe de champagne.

Il rallia les coulisses pour gagner le bureau de Berger, mais n'y trouva personne. On lui apprit que le patron avait un appartement au Palais-Royal contigu. Le duc d'Orléans logeait ses principaux serviteurs, au nombre desquels le directeur de l'Académie de musique.

Voltaire traversa à nouveau le domaine de la joie et du menuet. Amusez-vous ! Dansez, jeunesse insouciante ! Complaisez-vous dans l'inconscience ! Laissez les philosophes poursuivre l'intolérance, l'obscurantisme et, accessoirement, les assassins !

Il connaissait bien les propriétaires du palais. L'actuel duc, Louis d'Orléans, était surnommé

Louis le Pieux, contrairement à son père, le Régent, connu pour ses orgies. Il ne s'était jamais consolé de la perte de sa femme, Jeanne de Bade, qui n'avait pas survécu à son deuxième accouchement. Il s'était retiré à l'abbaye de la montagne Sainte-Geneviève, où il vivait de dévotion et de crème fouettée, entouré de savants dont il finançait les travaux. Ceux qui le voyaient encore le disaient fou, car il affirmait qu'on ne pouvait ni naître ni mourir.

Le Palais était occupé par son fils, le duc de Chartres, Louis le Gros, et par sa jeune épouse, sa cousine Louise Henriette de Bourbon-Conti. La jeune fille avait été élevée au couvent, ce qui avait paru un gage de bonnes mœurs. On murmurait que la duchesse se travestissait pour recruter des amants dans le jardin du Palais. Le reste du temps, elle se distrayait par la littérature, ce qui était bien, mais n'écrivait que des chansons salaces, ce qui l'était moins. Quant à son mari, il vivait avec une autre femme qui lui donnait une tripotée d'enfants, tous destinés à peupler couvents et monastères.

Voltaire se dit qu'entre l'aïeul sur sa montagne, le duc chez sa maîtresse et la duchesse on ne savait où, il ne devait pas être très difficile d'entrer dans la maison. Il se présenta au portier avec des airs de conspirateur.

— Je suis au service de qui vous savez, je viens voir la personne que vous pensez, j'apporte un billet au sujet de ce que vous croyez.

On hocha la tête d'un air entendu.

— L'antichambre de Mme la duchesse est au second, vous n'aurez qu'à frapper, on vous ouvrira.

Combien d'hommes n'avaient-ils pas entendu cette phrase !

En chemin, il demanda où étaient les appartements des logés. C'était dans la soupente, de très belles soupentes, un peu basses de plafond mais ornées de boiseries partout. Des noms étaient inscrits sur les portes. *Berger*. C'était ouvert, il y avait de la lumière, le mort était chez lui.

Une personne assise par terre avait étalé autour d'elle une multitude de documents qu'elle examinait à la lueur des chandelles.

— J'en étais sûr ! déclara Voltaire en surgissant de l'ombre, le doigt tendu.

Espérance Béranger poussa un cri et s'écarta à quatre pattes sans parvenir à se relever.

— Un fantôme ! Un spectre ! Un diable !

— Ah, je vous en prie ! Pas de racisme !

Un Noir s'empara du chandelier pour lui courir après.

— Au secours ! Je suis attaquée par un... par un...

Il ôta son chapeau.

— Par un philosophe !

Il l'accusa d'avoir épié sa conversation privée avec Jean-François Berger. Elle nia formellement s'être adonnée à de honteuses pratiques indignes du code d'éthique de sa profession.

— Allons, ma cocotte ! Tu ne vas pas essayer de mentir à un philosophe ?

Comme elle se bornait à lui jeter un regard outré, il décida d'user des arguments fournis par les circonstances. Il montra les dents, ou ce qu'il en restait, ouvrit grand les yeux et déclara avec conviction :

— Je vais te manger !

La peur de l'inconnu et une bonne dose de préjugés firent plus que n'avaient obtenu la logique et la raison. Espérance recula tant qu'elle put, jusqu'à se trouver coincée dos au mur, face à ce sauvage dont elle connaissait mal le régime alimentaire.

— Je vais parler ! Je vais tout dire ! Pitié ! Ne me mangez pas !

Voltaire fut soulagé de ce revirement, il n'éprouvait aucun appétit pour cette dame, qu'il soupçonnait d'avoir un goût rance et une texture un peu rêche.

Elle admit avoir surpris les propos de son patron, mais c'était pour la bonne cause, pour protéger M. de Jélyotte, qui était si bon, si agréable, jamais un mot plus haut que l'autre, toujours gentil, et qui n'oubliait jamais de lui offrir un petit bouquet de myosotis le jour de sa fête.

— Oui, bon, avançons, dit Voltaire, qui n'arrivait pas à se souvenir s'il avait offert quelque chose à sa marquise pour la Sainte-Émilie, ni quel jour c'était.

Horrifiée par l'ignoble trahison de M. Berger, qui s'était pourtant toujours montré correct avec elle jusqu'à ce jour, jamais il n'omettait de…

— Passons, passons, dit Voltaire.

Bref, ayant appris, par le moyen d'une porte peu épaisse et d'une oreille collée dessus, que son patron se permettait de stipendier des mercenaires, pardon, d'éminents philosophes, et qu'il les lançait sur son chanteur favori, elle avait couru avertir ce dernier.

— Et comment l'a-t-il pris, le favori ?

Sa réaction avait un peu surpris son alliée. Elle s'était attendue à des remerciements, à de la gratitude ; une promenade en barque sur la Seine et un baiser langoureux sur fond de coucher de soleil auraient été appréciés aussi. Au lieu de ça, il avait proféré des injures qu'elle n'avait pas l'intention de répéter.

— Dans quel genre, les injures ?

— Dans le genre gaulois, dit Espérance, à qui ce souvenir pénible arracha une grimace.

Voltaire réfléchit. De toute évidence, c'était cette crapule de ténor qui avait envoyé un bandit l'agresser en pleine rue tout près de chez lui. La rencontre avec Héloïse Montretout qui avait suivi ne devait rien au hasard. Il avait imaginé qu'elle redoutait elle aussi d'être bousculée par la brute ; au contraire, elle avait dû venir contrôler son travail. Et il avait laissé cette coquine poser ses doigts sur un corps qui était un sanctuaire pour la pensée novatrice ! La gourgandine ! Il était habitué à se défier des illuminés, des jansénistes, des évêques comploteurs… S'il fallait maintenant se garder des jeunes filles, la vie allait devenir difficile.

Espérance Béranger refusa de laisser dire que son beau Jélyotte trempait dans la violence et les brutalités.

— Il ne doit pas manquer de gens qui aient envie de vous corriger, supposa-t-elle.

— Le monde est plein de malotrus. Mais j'ai raison, n'est-ce pas ?

Bien sûr, qu'il avait raison. S'il en avait douté, ce sourire vengeur sur les lèvres de l'assistante aurait achevé de le convaincre.

— Il n'a fait que se défendre ! Que feriez-vous si un inconnu se permettait d'inspecter votre vie privée ?

Il le ferait bastonner, encager et envoyer aux galères, mais ce n'était pas le sujet.

— D'ailleurs votre beau chanteur est coutumier des coups tordus. N'a-t-il pas surpris les secrets d'un Napolitain pour améliorer sa propre technique et lui soustraire ses engagements ?

Espérance Béranger déclara que son héros n'y était pour rien : c'était Berger qui avait monté cette machination. Il avait besoin d'un ténor exceptionnel, non d'un castrat passé de mode. La musique française, telle que la concevait Rameau, devait se démarquer des roucoulades à l'italienne. Pour imposer le style français, ils avaient eu besoin d'un interprète d'une qualité équivalente à celle d'un sopraniste. Or jamais la *scuola* Sant'Angeli n'aurait accepté un adulte non opéré. Jean-François Berger avait choisi Jélyotte parce qu'il avait du talent et une jolie figure. Il l'avait jeté dans les pattes de Piccolini. L'Italien était bon garçon, il avait le cœur sensible, il était généreux, et Berger savait comment le manipuler.

— Donc vous vous en êtes pris à lui parce qu'il avait toutes les qualités ! Mais c'est monstrueux !

— Que ne ferait-on pour la musique ? Pour l'art ? Pour la beauté ? La grandeur du projet justifie tout !

Voltaire avait coutume de dire la même chose à propos de la philosophie. Il était un peu contrarié de voir de si hauts principes appliqués à un art de divertissement, si magnifié soit-il par le génie de Rameau. Il protesta.

— L'importance de l'enjeu ne justifie pas de détruire les gens ! Jamais je ne me permettrais d'attaquer la vie privée d'un de mes collègues ! Voyez par exemple ce Jean-Jacques Rousseau que vous m'avez présenté : je lui prodigue mes conseils, je le protège, je le mets sur la bonne voie, jamais il ne me viendrait à l'esprit de lui nuire ! En aucun cas ! Quelle idée !

Espérance Béranger ne cilla pas. Dans ses yeux brûlait le feu sacré des inquisiteurs, des prédicateurs, des conquistadors : rien ne l'empêcherait de porter sa foi au pinacle.

— Je suis sincèrement désolée pour le *signore* Piccolini. Il nous fallait sa notoriété, sa technique, ses rôles, c'était le seul moyen de faire de Jélyotte un demi-dieu. Grâce lui, la musique française brille comme jamais.

Avec ses recherches, Voltaire avait agité le bocal plein de limon. Celle femme était la sirène d'un étang bourbeux qui sentait très fort la vase et l'eau croupie. Il voulut savoir comment avait réagi le ténor en apprenant qu'on enquêtait sur lui, nonobstant les grossièretés. Espérance Béranger prit une expression de *mater dolorosa*.

— Que croyez-vous ? Un si brave homme ! Qui ne voit le mal nulle part ! Il a été peiné et déçu, le pauvre.

L'écrivain se livra à une traduction simultanée, il commençait à maîtriser le dictionnaire Béranger-français. « Peiné et déçu » signifiait « hors de lui et paniqué ». D'où la décision de faire bastonner le fouineur Voltaire. Pourquoi ? Quel secret cachait-il ? Quel problème se tapissait dans la vie de cet homme jeune, beau, riche, couronné de succès et que les femmes se disputaient ? À le bien considérer, chacune de ces caractéristiques pouvait être la cause de grands soucis, Voltaire le savait mieux que quiconque. N'était-il pas lui-même riche, célèbre, anciennement jeune, et sa nourrice ne lui avait-elle pas maintes fois affirmé qu'il avait été un ravissant bébé ? Son œil qui frisait, son bagout, tout cela ne lui valait-il pas d'innombrables conquêtes féminines dont il aurait fait un usage honteux si de malencontreux maux de ventre ne l'avaient si souvent retenu auprès de son pot de chambre ? Jélyotte et lui étaient tout pareils, dans le fond – c'était en surface que certaines différences apparaissaient, la taille, la régularité des traits et d'autres détails, mais les philosophes refusaient de se cantonner à la surface des choses.

Son regard tomba sur la Béranger, debout au milieu des papiers éparpillés. Qu'était-elle venue faire ici au cœur de la nuit ? Seuls les voleurs, les maquereaux et les crapules erraient dans l'obscurité à cette heure indue. Il sollicita ces fameuses cellules grises qui faisaient l'envie de l'humanité.

— Vous cherchez... Voyons un peu... Vous cherchez... ma correspondance avec votre patron ! pour apprendre ce que j'ai découvert sur Jélyotte et où j'en suis !

Espérance posa une main sur sa gorge comme s'il en avait arraché les mots.

— Non, pas du tout, comment oserais-je, je ne suis pas indiscrète !

— Ce n'est pas vous ! C'est votre cher Jélyotte qui vous a commise à cet espionnage !

— Non, non !

— De qui d'autre pourrait-il attendre un tel sacrifice ? Sinon de son amie fidèle, dévouée, prête à tout ? Existe-t-il au monde une femme qui le comprenne mieux ? Ce ne sont pas ces gourdes qui se pâment sottement au son de sa voix qui l'aideraient à se sortir d'un mauvais pas !

Espérance abandonna le combat. Il avait prononcé les mots qu'elle désirait passionnément entendre. Comment contester qu'elle était tout cela, la muse, l'égérie, la pasionaria ? Jélyotte était son grand prêtre phénicien, elle se serait jetée dans la gueule brûlante de Baal s'il le lui avait ordonné.

De son côté, Voltaire aurait bien aimé connaître le secret que ce manipulateur tenait tant à protéger. Un secret pour lequel il était prêt à braver l'interdit suprême : taper sur la tête d'un penseur. Un secret qui l'avait rendu très nerveux depuis quelque temps. Depuis… depuis la mort du vieil acteur !

Jélyotte avait empoisonné Amable Grafouillière ! Ce cabotin déplumé avait dû découvrir ses manigances contre Piccolini, il le faisait chanter, c'était tout à fait son genre. Voltaire avait d'abord cru que Grignion Belami avait estourbi l'histrion cacochyme, mais non. Il s'était laissé emporter par son animosité envers l'imprésario tripoteur, il avait tiré ses conclusions de préjugés. Le coupable était Pierre de Jélyotte, ce bellâtre couinant, ce séducteur impénitent, ce monstre au visage d'ange ! Combien on pensait plus sainement, une fois débarrassé des idées préconçues !

— Votre Jélyotte a tué Amable Grafouillière ! Il sera roué pour ce crime ! En place de Grève ! Comme n'importe quel bandit !

Espérance Béranger demanda qui était Amable Grafouillière.

— Un acteur malhonnête que votre chanteur a tué !

Espérance affirma que son chanteur n'avait tué personne. Elle ne connaissait aucun Grafouillière. Elle était bien persuadée que son idole ne fréquentait pas ce type d'individus, il passait son temps dans les salons de la noblesse parisienne. On ne pouvait pas côtoyer à la fois les princes et les escrocs, seuls les philosophes y parvenaient.

De plus, le génial musicien était incapable de nuire à qui que ce soit, il était la douceur et la bonté incarnées.

Voltaire eut un haut-le-cœur. Cette femme ne demandait pas mieux que de se faire manipuler par le premier blondin venu, c'était une sorte de bigote païenne : elle n'aimait qu'un seul dieu à condition qu'il chante l'opéra.

— Ma pauvre amie, vous vous faites avoir comme toutes ces étourdies que votre Jélyotte envoyait chez Grignion Belami : elles prenaient un bateau pour le pays des caribous et finissaient de l'autre côté de l'Atlantique, à épouser des castors !

Espérance Béranger n'entendait rien à ce discours, il dut lui mettre les points sur les *i*. Jélyotte utilisait ses bonnes fortunes pour alimenter un trafic de jeunes mariées.

— C'est impossible ! Il n'a rien tenté sur moi !

Voltaire n'eut pas besoin d'ouvrir la bouche, elle comprit fort bien ce qu'il pensait. C'en fut trop pour elle. Ce fut à ce moment que la conversation dérapa.

CHAPITRE VINGT-TROISIÈME

Où Voltaire folâtre dans la nuit avec des femmes nues.

— Vous mentez ! cria Espérance Béranger dans l'appartement obscur du Palais-Royal. Méchant philosophe !

Elle renversa le chandelier, les bougies s'éteignirent, on n'y voyait plus rien. Voltaire entendit une porte se refermer. Il chercha à tâtons la sortie.

Où courait-elle ? Vers quel antre ? Rejoindre quel ogre ? Pour quel complot macabre ? Il devait l'arrêter, saisir le fin mot de l'affaire, s'opposer à la victoire du crime, de l'infamie, il avait encore un opéra à faire jouer ! Rousseau ne pouvait avoir œuvré en vain à rapetasser sa *Princesse de Navarre* pour en tirer ces *Fêtes de Ramire* qui allaient propulser leur auteur officiel vers les honneurs comme aurait dû le faire *Le Temple de la Gloire*, ce pétard mouillé.

Il suivit Espérance comme les Rois mages l'étoile du Berger, tandis que d'encombrants passants moutonnaient entre elle et lui.

— Laissez-moi passer ! Je poursuis cette dame !

— Je ne vous félicite pas ! dit un monsieur.

Tandis qu'il parlementait avec les gêneurs, la fuyarde s'engouffra dans un fiacre. Voltaire sauta sur le marchepied d'un autre.

— Suivez cette voiture !

Le cocher se retourna lentement, son fouet à la main.

— Mon cheval est fatigué.

— Je paie le picotin du cheval !

— Il prend double tarif pour les filatures.

Ce n'était pas le moment de se disputer avec les quadrupèdes, Voltaire garda pour lui ce qu'il pensait des augmentations inopinées du picotin.

Tout à sa filature, il ne s'aperçut pas qu'un troisième équipage avançait dans la roue du sien. Espérance les mena au faubourg Saint-Antoine par la barrière de Reuilly. À un moment, le fiacre disparut derrière un autre, mais il réapparut bientôt.

— J'informe Monsieur qu'à sa place je cesserais de suivre mon collègue, dit le cocher.

— Tiens donc ! Pourquoi ça ?

— Parce que sa voiture est vide. La personne vient de vous faire le coup du tourniquet.

Cette méthode pour semer les crampons consistait à passer directement d'un véhicule à l'autre lorsque les deux avançaient au pas.

— Cela sert beaucoup dans les liaisons adultérines, si je peux me permettre de l'indiquer à Monsieur.

— Si la personne n'est plus dans là-dedans, où est-elle ?

Le cocher désigna du manche de son fouet un long mur percé d'une petite porte. Voilà le trou par lequel s'était enfuie sa souris. Voltaire quitta sa banquette et laissa une gratification au cheval pour le picotin.

— Et merci encore ! lança-t-il au brave homme avant de trottiner en direction de la porte.

— Y a pas d'quoi ! répondit l'homme. Entre cocus, on se soutient !

La petite porte n'était pas fermée, elle donnait sur un jardin éclairé par la lune. Voltaire reconnut la terrasse qu'il apercevait au loin. « Oh, la coquine ! » pensa-t-il.

Jean-Baptiste Pajot de Dampierre, chanoine de l'Église de Paris, Grand Chambrier du Parlement, s'était offert pour ses séjours à la campagne un domaine au lieu-dit de la Vallée-de-Fécamp, vers la rue de Charenton, à l'est de la capitale, non loin de la Seine, là où tout n'était que vignes et vergers d'agrément. La folie Pajot était une demeure paisible, luxueuse, entre le village de Bercy et celui de Vincennes, dans cette partie du faubourg où il faisait bon respirer l'air des prés en écoutant les petits oiseaux chanter.

Précédée d'une cour d'honneur, la maison ne possédait qu'un étage au-dessus des communs. Sa terrasse en surplomb des jardins en faisait tout le prix. Mais de nuit, sans autre lumière que celle réfléchie par la lune, le charmant domaine devenait un enchevêtrement de faux-semblants, d'obstacles, de chausse-trappes et, disons le mot, d'inconvénients. Soit la Béranger avait rendez-vous avec une troupe de conspirateurs mexicains encagoulés amateurs de repaires improbables, soit elle comptait traverser ce lieu accidenté pour s'échapper par l'entrée principale.

L'un derrière l'autre et subséquemment, ils franchirent le potager, la basse-cour, la remise, l'écurie, et l'un d'eux au moins manqua chuter dans un puits qu'il n'avait pas vu. L'abbé Pajot s'était offert un « boulingrin », du mot anglais *bowling green* dont les Britanniques se servaient pour désigner une pelouse entourée de haies. Ce boulingrin avait été dessiné par Le Nôtre, aussi comprendra-t-on qu'il n'était pas du genre à figurer devant un cottage à toit de chaume avec des géraniums aux fenêtres. Il s'agissait ici de parterres, d'un entrelacs de plates-bandes façon broderies et d'arbrisseaux artistement taillés. Au-delà de ces fioritures, autant de pièges pour les pieds, s'élevaient des treilles enchevêtrées couvertes d'une végétation grimpante. Elles formaient un dédale d'où émergeait, çà et là, le feuillage d'arbustes qui servaient de piliers auxquels s'accrochaient les treilles. Comme ces cloisons excédaient la hauteur d'un homme, on ne voyait plus qu'elles une fois qu'on s'y était engagé, ce que Voltaire constata aussitôt.

Difficulté supplémentaire, ce labyrinthe était peuplé de statues qui vous surprenaient dans l'obscurité comme autant de minotaures. C'étaient les neuf Muses éparpillées. On tombait au détour d'une haie sur des dames nues à la peau de marbre cachées dans les buissons. Apollon gardait l'entrée, en costume d'Adam, muni d'une lyre. Le vent grec, ou la déesse de la Pudeur, avait eu la bonne idée de rabattre à l'endroit approprié une espèce de longue écharpe enroulée autour de son cou – Apollon était frileux de la gorge, mais de là seulement.

Voltaire se félicita de l'aubaine, il avait toujours eu envie de déambuler dans ce célèbre jardin que la terrasse, le labyrinthe et la signature de Le Nôtre rendaient fameux. Sauf que, pour l'heure, le domaine enchanté s'était changé en un parcours digne de celui de Dante aux enfers – encore cet écrivain n'avait-il pas réellement payé de sa personne, contrairement à Voltaire.

Son Espérance tentait de le semer, mais il avait pour lui cette perspicacité qui lui avait tant de fois permis de renverser l'adversité. Une des statues ne pouvait qu'exercer sur elle une attraction irrépressible : il était certain de trouver dame Béranger aux pieds de Melpomène, jadis la Muse du chant, aujourd'hui celle de la tragédie, un parfait résumé de cette affaire.

Il tâcha de filer à travers cet imbroglio et de remonter la série des Muses jusqu'à la neuvième. Certaines lui faisaient un barrage de leur corps rigide.

— Aïe ! Je me suis cogné à Clio[1] !

— C'est ce que j'ai entendu dire ! rétorqua une voix de l'autre côté de la treille.

Il erra, tourna, se fia à des certitudes qui n'étaient qu'illusions, se raccrocha à des hypothèses dépourvues de fondement, changea de paradigme et se convertit à d'autres modes de pensée pour voir s'ils l'éclaireraient. Le plus étrange était d'entendre des bruits de pas, des halètements, des jurons, tantôt à droite, tantôt à gauche. Soit Espérance avait le don d'ubiquité comme la vertu théologale dont elle portait le nom, soit ils étaient plusieurs à jouer à cache-tampon dans le noir.

Une branche s'abattit juste devant son nez. Une paire de bras inconnus de lui prolongeait la matraque végétale. Il recula et, pour souffler, s'appuya à Terpsichore, Muse de la danse, qui lui adressait un sourire inquiétant depuis son piédestal. Il n'était pas remis de son émotion quand des cris retentirent à l'autre bout du dédale. Ce n'était plus un menuet, qu'ils dansaient ici, mais une farandole.

À force de circonvolutions, il parvint à un espace plus dégagé qui devait constituer le cœur de

1. Muse de l'histoire.

l'ouvrage : on y avait creusé un bassin rond avec jet d'eau et canards endormis, le bec caché sous leur aile. Des brindilles craquèrent. Il se rencogna dans l'ombre de la treille, feuille parmi les feuilles, sans plus de mouvement qu'un pétunia. Il y eut un choc suivi d'un cri de surprise dans la tessiture du baryton, puis une chute et un autre cri, de contralto celui-là, exprimant moins de surprise que d'horreur. Il intercepta Mlle Béranger, l'Athéna des futaies, qui brandissait un gourdin en guise de lance.

— J'ai tué quelqu'un !

— Calmez-vous, dit le philosophe, ça fait toujours un choc la première fois.

— C'est un accident ! Je croyais que c'était vous !

— Dites ça aux juges, vous aurez du sursis.

Il la prit par le bras pour l'empêcher de fuir des responsabilités qui ne devaient pas retomber sur la philosophie.

Un corps gisait sur le ventre, vêtu en ramoneur, bonnet, justaucorps et culotte noirs, et, horreur sans pareille, ce cadavre bougeait. Il se permit même d'exhaler une plainte, puis une kyrielle de reproches tandis qu'il massait son crâne douloureux.

— J'ai l'impression qu'un éléphant m'est tombé dessus !

— C'est madame, dit Voltaire.

Le mort lui-même était étonné d'être vivant.

— Vous n'y êtes pas allé de main morte ! reprocha-t-il à l'écrivain.

— Oui, mais avec la main de madame, insista ce dernier.

Il reconnut ce freluquet qui s'était permis d'importuner Émilie au concert chez La Popelinière : Joseph Renonpin, le secrétaire de feu Belami, incontestablement la première crapule de France depuis que son patron avait laissé la place libre. Le voyant déguisé lui aussi, Voltaire lui demanda s'il fuyait les assassins ou la police.

— Comme vous : les deux, répondit Renonpin avec un rictus de douleur. On croit échapper à Charybde et on se fait assommer par Scylla !

— Mais je vous connais ! dit Scylla Béranger.

Elle se souvenait de l'avoir rencontré chez Pierre de Jélyotte, un jour où son ténor préféré recevait quelques admiratrices très assidues.

— Par la rate dieu ! dit Renonpin. Frappé par une bagasse ! Que cinq cents diables m'exterminent !

Voltaire vit que le secrétaire avait le même vocabulaire que l'idole des dames. Espérance fronça le sourcil.

— Ne dites pas ça, c'est très vilain.

— C'est pour ça qu'on le dit. Cornegidouille ! Malepeste ! Morbleu !

Il n'était pas disposé à recevoir des leçons de maintien de la part d'une personne qui se commettait la nuit, dans des jardins, avec des écrivains.

— Je ne fais rien de mal ! se défendit la muse.

— Quand Jélyotte saura que vous fautez dans son dos avec un Nègre !

Renonpin gratifia ce dernier d'un clin d'œil graveleux.

— Les admiratrices du ténor ont toutes le diable au corps. Ça doit tenir à la musique.

Espérance crispait les doigts sur son gourdin.

— On fait des roucoulades dans la journée, et, à minuit, on se vautre sur le gazon avec de petits ténébreux !

Le mot « outrée » ne suffisait plus à qualifier l'état d'esprit de Mlle Béranger. Renonpin se massait la tête d'une main ornée d'une énorme chevalière.

— Se farcir celle-là alors qu'on a l'autre sous la main, la grande avec les pompons ! Il faut vraiment être insatiable !

Voltaire dut s'interposer pour empêcher la muse d'achever Renonpin à mains nues, il désirait le tuer lui-même. Il venait d'identifier l'auteur des coups qu'il avait reçus près du quai de la Mégisserie. Outre la chevalière très reconnaissable, le parfum qui émanait de cet homme (violette, cannelle et vitriol, *Coup de foudre en Arabie* de chez Baumé) était celui de son assaillant.

— Monsieur, sachez que bastonner un philosophe en pleine rue vous fait encourir la *damnatio memorie* ! On rayera votre nom des annales, et s'il survit, ce sera comme synonyme de « sacrilège » !

— J'ai dû taper trop fort, s'excusa Joseph Renonpin.

Ce n'était là que la cime des forfaits qu'on avait à lui reprocher.

— Et d'abord, pourquoi avez-vous tué ce vieil acteur ? demanda Voltaire.

Renonpin le regarda sans comprendre.

— Quel acteur ? Un charcutier, un ébéniste, et même, une fois, une bonne femme exaspérante, répondit-il avec un regard pour Mlle Béranger. Mais, un acteur, jamais !

Espérance redevint outrée.

— Double mulet cornu ! Songe-malice ! Requin de terre ! Race à potence !

Elle chercha quelque chose de pire dans son vocabulaire et ajouta :

— Gros piffre !

Voltaire dut expliquer au secrétaire qu'Amable Grafouillière avait dérobé à son patron, l'imprésario, quelques feuilles de son papier à lettres. Le ramoneur se défendit de tout rôle dans cette affaire. S'il avait dû tuer les gens pour si peu, il aurait commencé par Voltaire, plutôt que de le matraquer dans une rue sombre.

L'écrivain reconnut une certaine logique dans ce raisonnement, non une logique digne de l'*Organon* d'Aristote, mais quand même. Son interprétation des faits en fut bousculée.

Joseph Renonpin voulut bien admettre que le travail de Grignion Belami avait pour objet principal d'alimenter un réseau d'exportation d'épouses au bénéfice des colonies. Espérance Béranger fit la tête d'une personne doublement outrée.

— Mais enfin… Jamais on ne m'a sollicitée pour partir au Canada…

— On ne peut pas faire ça aux trappeurs, ils ont déjà les ours ! dit le bandit.

Il ricana jusqu'au moment où une gifle lui donna un aperçu du danger que représentaient les ours. Voltaire couva Mlle Béranger d'un regard paternel. Elle venait d'acquérir les méthodes d'investigation philosophique, il était un excellent pédagogue.

Sous l'assaut du plantigrade, Joseph Renonpin avoua qu'il avait pour mission de repérer, parmi les admiratrices de Jélyotte, celles dont la disparition ne ferait pas de vagues, et de les aiguiller vers Grignion Belami, qui les expédiait dans les comptoirs d'outre-mer.

— L'exil, rude moyen de guérir un chagrin d'amour ! dit Voltaire.

Renonpin n'y voyait pas malice.

— Je vous jure que quand elles se retrouvent à laver des culottes près d'une cabane en rondins, elles ont d'autres sujets de préoccupation que leur chanteur ! Elles entrent enfin dans la vraie vie ! On n'a pas le temps de se lamenter, chez les Mohicans !

Voltaire ne goûta pas ce discours, il était lui-même le dernier des moricauds.

Ce recrutement de jeunes filles en fleur jetait une lumière nouvelle sur la noyade de Julie Ventajour, l'héritière de la chaussure brodée. S'était-elle jetée à l'eau pour échapper à ses ravisseurs ? Avait-on voulu la faire taire ? Cette enquête prenait un drôle de tour, elle passait du pathétique au détestable.

— J'ai toujours su que Jélyotte était la pire des crapules ! dit Voltaire.

— Jélyotte ne nous a pas trompées ! protesta Espérance. Il nous aime toutes ! Son chant, c'est de l'amour pur !

Renonpin déclara que le chanteur était un sot qui ne songeait qu'à ses arpèges et aux jupons de celles qui s'y laissaient prendre. Espérance renaquit.

— Ah ! Vous voyez qu'il est innocent !

— Innocent à un point qui frise l'idiotie, renchérit Renonpin. Innocent comme une pelle à tarte.

— Merci, monsieur, dit Espérance, vous êtes bien aimable, je regrette de vous avoir frappé.

— Innocent comme un bulot sur du pain beurré, si vous voyez ce que je veux dire. Plus innocent que lui, il n'y a que les moules. Une fois qu'elles sont cuites.

Espérance regretta de n'avoir pas frappé plus fort. Joseph Renonpin estima qu'il était temps de prendre congé. Il avait proféré trop de vérités pour un seul soir. Il avait suivi Voltaire parce qu'il croyait que ce dernier en savait long sur ses trafics, il s'était trompé, mieux valait se quitter bons amis. On aurait pu lui poser des questions plus gênantes, par exemple sur les circonstances exactes du décès de son patron, ou sur ce qu'il était advenu du contenu du coffre. Le silence était d'or et la fuite de diamant.

— Salut, la compagnie ! leur lança-t-il en posant son bonnet de ramoneur sur sa tête endolorie.

Il disparut entre deux treilles avec l'espoir de gagner la sortie en dix ou quinze minutes. Il laissait derrière lui deux personnes consternées, l'une parce qu'il avait couvert une idole sacrée d'opprobre et de médisances, l'autre parce qu'il avait sapé des conclusions sur lesquelles on s'appuyait.

— Si au moins il avait avoué l'assassinat de votre directeur, je n'aurais pas tout perdu !

Espérance Béranger resta interdite.

— Quel directeur ? M. Berger est mort ?

— Je pensais que vous le saviez ! Je vous ai surprise le nez dans ses papiers !

— Il devait rester quelques jours à Versailles, j'ai voulu en profiter, j'étais loin de me douter... Mais quelle horreur ! Pauvre M. Berger ! Il avait tant fait pour M. de Jélyotte !

La Grande Faucheuse se rapprochait dangereusement de l'ange à la voix d'or.

— Quelqu'un tue des gens dans l'entourage de l'histrion, dit Voltaire.

Cette idée eut sur Espérance un effet de pétrification, auquel succéda un mouvement rapide et irrépressible qui la portait vers la rue où passaient les carrosses.

«Allons bon! se dit le philosophe. C'est reparti!»

CHAPITRE VINGT-QUATRIÈME

Où Voltaire donne le la.

Voltaire rattrapa Espérance au moment où elle hélait un fiacre. Ils filèrent au pont Notre-Dame et tambourinèrent contre la porte de la maison en surplomb de la Seine. Ce fut Héloïse Montretout qui leur ouvrit.

— C'est de nouveau le jour de congé des domestiques ? demanda Voltaire en bousculant la fée pour entrer dans le palais enchanté.

La fiancée du ténor considéra l'assistante de M. Berger et son serviteur noir.

— Vous avez un Nègre, Espérance ? Quelle élégance !

Vendredi se jeta sur elle comme s'il retrouvait une cousine de Port-au-Prince.

— Bonjour Madame ! Belle Blanche !

Elle le repoussa avec une force étonnante. Ses bras étaient musclés, probablement par l'habitude de frapper les touches de son clavecin. Voilà qui répondait à une question qu'il se posait depuis tout à l'heure.

— Il faudra lui apprendre les manières de la métropole, dit Héloïse. Ici on ne pince pas les fesses des dames dès la première rencontre. Que voulez-vous au juste ?

Espérance tenta d'expliquer en bafouillant qu'elle désirait voir le maître des lieux pour l'avertir d'un péril.

— Vous voulez dire Jélyotte, je pense, dit Héloïse. De toute façon, papa Grichon est là aussi.

Les hautes fenêtres du salon donnaient sur le fleuve en contrebas. Jélyotte était moins impressionnant sans son maquillage de scène, sans ses costumes chamarrés, sans l'éclairage de la rampe. Il avait perdu de sa prestance, peut-être parce qu'il ne faisait plus l'effort de se tenir droit comme une barre de mesure. Sa robe d'intérieur était assez chatoyante pour illustrer ces contes des *Mille et Une Nuits* où un djinn malicieux accorde à un mendiant la faveur d'un vœu destiné à tourner à la mélasse. C'était une pièce de soierie bleu roi brodée de grosses tulipes couleur de vin rosé dans un entrelacs de feuillage d'or – Sa Majesté devait avoir la même en dessus-de-lit. Le moelleux de sa doublure était une promesse de confort, tandis qu'un écrivain, même très brillant, devait se contenter d'en rêver, au point que son imagination devenait tout à coup une source de souffrance.

Papa Grichon était affalé dans une bergère, les liqueurs à portée de main. C'était peut-être pourquoi le ténor semblait las, nerveux et angoissé. Jélyotte salua Espérance et considéra l'homme de couleur.

— Vous vous êtes fait un ami dans une épicerie exotique ?

Elle répondit que c'était Voltaire, le librettiste de l'opéra qu'il venait de chanter et de celui qu'il répétait ces jours-ci.

Quoiqu'un peu déconcerté, Jélyotte affirma que le spectacle se présentait bien. La dernière répétition devait se tenir en public le lendemain.

— Évidemment, Rameau a fichu à la corbeille tout le travail de votre Rousseau. Il ne supporte pas qu'on touche à sa musique. Mais nous serons prêts à temps.

Espérance n'y tenait plus, ces politesses n'étaient pas de saison.

— M. Berger a été assassiné ! À Versailles ! Juste après la représentation du *Temple de la Gloire* !

Il y eut quelques exclamations horrifiées, puis Héloïse Montretout se mit au clavecin pour jouer un requiem, Jélyotte chanta les paroles, son père battit du pied la mesure sur le parquet.

Quelqu'un fit tinter la cloche de l'entrée. Papa Grichon cessa de frapper le sol, il quitta sa bergère et traîna ses mocassins jusqu'au vestibule. On entendit des exclamations suivies d'une bousculade.

— Trognon à faire chier de peur ! chanta Jélyotte.

Piccolini était entièrement vêtu d'un tissu rose semé de minuscules fleurs blanches qui aurait été idéal pour enrober un bébé le jour de son baptême. Le gros nourrisson portait, à l'arrière du crâne, un énorme nœud de taffetas sombre. Ce qui en dépassait au-dessus de ses épaules lui donnait l'apparence d'une créature dotée, dans le dos, d'une paire d'ailes trop petites, un gros hanneton qui n'aurait pas renoncé à arborer les couleurs de la chenille qu'il avait cessé d'être, ce qui le définissait exactement.

Il était échevelé, éperdu, écarlate, avait les yeux exorbités, pareil à un pâtre froufroutant qui aurait rencontré la tarasque. Il avait bu. Grichon accourut sur ses talons et fit signe qu'il n'avait pas pu l'empêcher d'entrer. Les musiciens étaient figés comme les dîneurs découvrant la tête de la gorgone au bras de Persée.

— Ah ! Il ne nous manquait plus qu'un assassin ! dit Voltaire.

Piccolini remarqua à cet instant la présence du Noir avec qui il avait vidé des pichets à la guinguette de la porte d'Enfer.

— Tiens, Othello ! Que fé-tou ici, mon ami ?

— Je suis venu voir qui allait tuer qui.

— Je trouve la plaisanterie malséante, se plaignit le ténor, d'une voix qui avait perdu toute résonance mélodique.

Voltaire dut leur parler du grain de sable qui avait grippé l'affreuse mécanique de leur conspiration contre le castrat.

— Il est possible qu'une personne ait révélé vos manigances au *signore* Piccolini par inadvertance, à l'occasion d'une discussion amicale autour d'un verre de liqueur digestive...

— C'est loui qui m'a tout dit ! déclara l'Italien en pointant son doigt sur l'écrivain.

— Et vous, vous êtes allé à Versailles punir le directeur de l'Académie de musique, rétorqua Voltaire. Étrangleur !

On refusa de le croire, on réclama des preuves.

— Oh, c'est très simple. Quelle heure est-il ?

Chacun tira sa montre de son gousset pour regarder ce que disait le cadran. Il était minuit moins deux.

— Eh bien, vous aurez la preuve dans deux minutes.

Il rappela que Piccolini avait de forts griefs contre Jean-François Berger : au Châtelet, cela s'appelait un mobile. Le directeur avait été retrouvé étranglé avec une chaîne de montre.

Alors que Piccolino ouvrait la bouche pour nier, une petite musique s'éleva dans la pièce. Elle provenait de la poche de son gilet. Ils entendaient *Frère Jacques*.

— Ce canon est de Rameau, dit Voltaire. Berger a fait fabriquer cette montre à modèle unique, il souhaitait honorer son cher compositeur qui a tant fait pour son académie.

Piccolini tira la montre de sa poche pour tâcher de lui couper le sifflet, mais il ignorait comment s'y prendre.

— Ce né pas vré ! Moi aussi, j'aime Rameau !

— La chaîne qui a servi à tuer Berger était attachée à une montre italienne qui ne jouait rien du tout, dit Voltaire. Je ne vois pas un chanteur italien s'offrir une montre qui risque de jouer *Frère Jacques* en plein milieu d'une cantate de Corelli.

Piccolini brandit la chaîne. On vit qu'elle était assez solide pour étrangler un témoin gênant. La pièce devait en contenir plusieurs, car le père, le fils et la sainte-nitouche s'enfuirent sans attendre de savoir pour qui sonnait le glas. Toutes les portes du corridor se refermèrent au nez du castrat et du philosophe. Il ne restait qu'un placard de libre, Espérance Béranger se casa à l'intérieur et se munit d'un manche à balai pour dissuader tout assassin d'entrer.

— Au secours! cria-t-elle. Appelez la garde de nuit!

Derrière sa porte, Jélyotte accusa le philosophe d'être responsable de la mort de Berger : c'était sa faute, il avait trop parlé, tout allait bien jusqu'à ce qu'il se mêle de ce qui ne le regardait pas.

— Je me contente de pointer les travers de mes contemporains, dit l'écrivain, c'est le devoir des philosophes! Et aussi de faire jouer un divertissement musical devant Sa Majesté. C'est pourquoi j'aimerais que tout le monde se calme. Personne ne doit étrangler personne.

Après un bref silence, Jélyotte conseilla à Piccolini d'étrangler Voltaire. L'écrivain était le seul à pouvoir l'accuser. Quand il serait mort, on se ferait un plaisir de le désigner comme l'assassin de Berger. Le chanteur était prêt à témoigner.

— Moi aussi ! dit une voix derrière la porte d'Héloïse.

— Moi aussi, dit la voix de papa Grichon.

— Moi aussi, monsieur de Jélyotte, dit quelqu'un depuis le placard.

Oups. Voltaire n'avait pas prévu ce retournement. Même la philosophie la plus subtile échouait à sonder l'abîme de la duplicité humaine. Le castrat hésitait. Il n'avait pas coutume d'étrangler des gens qui n'avaient pas brisé sa carrière. Mais la perspective d'être exécuté devant la foule, en chemise et les orteils à l'air, constituait une motivation. Voltaire se dit qu'il était temps d'exciser le bubon purulent.

— Piccolini a des circonstances atténuantes, déclara-t-il assez fort pour être entendu de toutes les pièces. Il a laissé le cadavre de Berger bien en vue. Propre et sec. Il ne l'a pas jeté dans la Seine pour s'en débarrasser comme on le fait des ordures.

L'absence de réponse suggéra que les occupants des cabinets alentour avaient plongé dans la perplexité.

— Dans la Seine ? dit une voix.

— Oui. Vous savez, le fleuve qui coule sous cette maison. On peut le voir depuis toutes les fenêtres. Des fenêtres fort hautes.

Ils entendirent une clé tourner dans une serrure. Papa Grichon quitta son abri et se rua vers la sortie.

— Qui cé, céloui-là ? demanda Piccolini.

— Vous ne reconnaissez pas M. Grichon ? dit Voltaire.

— Loui ? Quelle é cetté farce ?

D'autres clés tournèrent dans les serrures. Jélyotte avait la figure décomposée. Héloïse était encore plus furieuse que d'ordinaire. En revanche, rien ne bougea dans le placard.

Piccolini saisit Grichon au vol et le secoua.

— Mais qui tou es, toi ?

M. Grichon en perdit ce qu'il avait fourré dans sa bouche pour se gonfler les joues, de même que ses faux cheveux, ses faux sourcils, ses souliers à talons... et le vieux papa vivant laissa la place à un vieil acteur mort.

— Ciel ! s'écria Jélyotte sur un très joli *do* dièse. Mais qui êtes-vous, monsieur ?

Le ténor n'était pas bon dans la comédie, il était fait pour la tragédie, de préférence un drame du parricide façon *Œdipe*. Quant à Mlle Montretout, son expression aurait été parfaite pour jouer l'une des méchantes filles du roi Lear.

— De quelle fenêtre avez-vous précipité les corps de vos victimes ? demanda Voltaire au ténor.

— De celle-ci, répondit-il.

Le philosophe s'approcha pour voir, ouvrit la croisée et regarda en bas. Aucun obstacle, le cadavre tombait directement dans le courant qui l'emporterait vers la mer, ou au moins à quelques ponts d'ici. Ceux qui le repêcheraient auraient peu de chances de faire le lien avec cette maison. C'était l'arme parfaite : visible de tous, autorisée, insoupçonnable, la demeure idéale d'un assassin. Voltaire aurait volontiers conseillé à la Ville de raser ces constructions et d'interdire de lotir les ponts de Paris.

— Je me demande combien de gêneurs sont passés par là…, dit-il en observant le flot verdâtre.

— Un de plus, dit une voix dans son dos.

Une brusque bourrade le propulsa par-dessus l'appui, et il passa du mauvais côté de la barrière.

CHAPITRE VINGT-CINQUIÈME

Comment un noyé ressuscita pour aller à l'Opéra.

Voltaire expérimenta successivement deux environnements nouveaux pour lui. D'abord l'air. Il serait faux de dire qu'il eut l'impression de voler, plutôt celle de tomber comme une pierre, ce qui lui arracha un cri aussi vibrant que l'appel à la tolérance universelle imprimé dans ses livres. Cette expérience inédite du vol vertical fut immédiatement suivie d'un plongeon dans une eau qu'il aurait aimée moins froide, moins sombre et moins sale.

Au moins eut-il la bonne fortune de ne point chuter sur un de ces chaluts, lavoirs flottants ou simples barcasses qui encombraient le fleuve ; et celle de n'être point heurté par l'une des innombrables cochonneries charriées par le courant : branche d'arbre, amas de déchets, voire carcasse d'animal emportée par la crue jusqu'à l'estuaire du Havre. Les pêcheurs alignés au bord de l'eau auraient rangé leurs cannes s'ils avaient su de quoi leur friture s'était repue.

La suite se passa en appels au secours mêlés de glou-glou. La répulsion de Voltaire à l'idée de consommer un liquide moins pur qu'une eau ferrugineuse estampillée par la Faculté lui sauva la vie. Chaque fois qu'une gorgée emplissait sa bouche, son nez, ses voies respiratoires, un réflexe de gentilhomme réfractaire aux boissons vulgaires la lui faisait recracher avec des grimaces de dégoût. Un gueux aurait coulé ; l'élite flottait. Il ne courait aucun risque de se noyer ailleurs que dans une baignoire de champagne, à condition qu'il soit à température de la cave et d'une bonne année.

La dérive de la philosophie s'étira du pont Notre-Dame au pont au Change, puis devant le quai à la Ferraille, où le mouvement perdit de sa vigueur, les séquences sous-marines prenant le pas sur les phases émergées. Voltaire visitait Paris depuis l'intérieur de la Seine. Gagné par une baisse de foi dans le genre humain, du moins dans la partie du genre humain susceptible de repêcher les naufragés, il commençait à envisager l'éventualité de recommander son âme à Dieu, au Grand Horloger, au feu sacré zoroastrien, à qui en voudrait, quand un miracle se produisit sous la forme d'une poussée de bas en haut qui ne devait rien au principe d'Archimède. Une perche munie d'un crochet était allée saisir le fond de sa culotte en soie, par bonheur assez solide pour supporter le poids entier de son individu, même de son individu détrempé – il avait eu raison de payer le prix la qualité.

— R'garde, y r'mue encore ! déclara une voix angélique marquée d'un accent faubourien.

— Pas d'bol, répondit une autre aux intonations tout aussi dépitées.

C'étaient deux bateliers habitués à arrondir leurs fins de semaines par l'aubaine de quelque noyé de passage. Pour les remercier d'en débarrasser les eaux de la capitale, la police les leur échangeait contre une poignée d'espèces sonnantes et trébuchantes. Les sauveurs étaient pieds nus, sans bas, en culotte de cuir et gilet sans manches, un feutre sur la tête. Jamais Voltaire ne se serait cru un jour si content de rencontrer des personnes qui ne se parfumaient pas à la violette de chez Baumé.

On l'arracha aux flots sans chapeau, sans perruque, sans souliers, et les bateliers prétendirent le conduire au Châtelet pour toucher leur récompense : c'était cent sols par noyé.

Leur prise se défendit, ses obligations l'appelaient ailleurs, elle devait aller à l'Opéra. Les sauveurs ne l'entendaient pas de cette oreille. Voilà pourquoi ils aimaient mieux repêcher des morts que des vivants ! On les payait pareil et les formalités étaient moins compliquées ! Sans le petit attroupement autour d'eux, ils l'auraient poussé à l'eau pour laisser la rivière terminer le travail. Les badauds étaient déçus, eux aussi.

— Regarde, maman ! Le monsieur qui était mort veut s'en aller ! dit un petit garçon qu'on avait amené voir la dépouille pour lui apprendre à ne pas s'aventurer bêtement sur les rives glissantes.

Voltaire aurait volontiers dédommagé lui-même ces braves garçons qui se proposaient de le renvoyer dans le fleuve, mais le courant lui avait fait les poches. Il se voyait réduit à la triste condition de noyé sans le sou, réduit à subir les desiderata de ses bienfaiteurs.

Ceux-ci le menèrent donc au Châtelet pour exiger le prix de leur bonne action. Avant d'ouvrir sa cassette pour les remercier d'avoir sauvé son pire ennemi, Tamaillon leur demanda s'ils savaient à qui ils avaient eu le bonheur d'éviter une mort affreuse.

— Vous aurez sans doute entendu parler du regretté Voltaire…

— Comment, « regretté » ? s'offusqua le susnommé. Je suis toujours là !

— C'est justement ce que nous regrettons.

Une fois les bateliers payés, Tamaillon contempla le poussin déplumé qu'il venait d'acheter très au-dessus de sa valeur.

— Toujours vivant ! Parfois, je me demande si vous n'avez pas vendu votre âme au diable.

— Il n'était pas assez riche, dit Voltaire. Je me suis rabattu sur le roi de Prusse.

— Dites donc, ne seriez-vous pas athée ?

— Mon Dieu… un peu.

Il tombait bien, cela faisait huit jours qu'on les cherchait, sa marquise et lui. La police avait entre les mains l'éventail de Mme du Châtelet ramassé sur le cadavre d'un imprésario assassiné.

— Voulez-vous m'accompagner à l'Opéra ? répondit le suspect.

— Vous croyez que j'ai la tête à ça ? On voit bien qu'on ne fiche rien, dans votre profession. Quelle est-elle, d'ailleurs, au juste ?

— Écrivain.

— Ah, oui. J'oublie tout le temps que ça existe. Vous l'avez inventée, non ?

— J'ai tout inventé : mon nom, mon métier, mon éthique…

— Et vos cheveux. Où sont-ils, à propos ?

Sa longue toison de triomphateur avait sombré dans les flots noirs, c'était une perte modeste en comparaison de ce qui avait été sauvé.

Tamaillon le conduisit au vestiaire où ils entassaient les vêtements non réclamés. Il y avait de tout : beaucoup de haillons, mais aussi des robes, des pourpoints, des bottes, y compris des perruques à l'ancienne mode qui avaient appartenu à des vieillards.

— C'est fou ce que perdent les gens dans une grande ville ! dit Voltaire. Ce tricorne est tout à fait portable. Êtes-vous sûr qu'il ne va pas manquer à quelqu'un ?

— Absolument.

Il était en train d'essayer les effets des noyés, des assassinés, des voyageurs trépassés à l'hôtel ou au bordel. On les conservait après le départ du corps pour la fosse commune. Si nul ne se présentait, on les vendait au profit des œuvres de la lieutenance : elles payaient le banquet de la Saint-Martin, patron des policiers. L'année précédente, ils avaient eu du chapon. Tamaillon le pria de les lui rapporter quand il n'en aurait plus l'usage.

Rhabillé de presque neuf, Voltaire expliqua qu'il connaissait un ténor dont le père n'était pas son père, un castrat dont la montre jouait *Frère Jacques*, et une claveciniste adepte des chatouilles. Or on pouvait échapper au roi, à l'Inquisition, au diable, mais pas à Jean-Philippe Rameau. Aujourd'hui devait avoir lieu la répétition publique de leur comédie-ballet. S'ils voulaient conserver un avenir dans la musique, les suspects seraient tous là. Notamment une claveciniste qui avait jeté un philosophe aux ordures.

— Vous voulez lui faire avoir une médaille ? demanda Tamaillon.

S'il l'accompagnait à l'Opéra, M. l'inspecteur verrait sur scène la belle Marie Fel, cette soprano dont la voix d'or était le moindre des appas.

— C'est une répétition générale, les chanteuses sont en chemise, leur costume n'est pas fini de coudre.

Tamaillon eut une vision divine. L'appel du devoir fut le plus fort.

— Allons-y ! Après tout, plus on est fou, plus on rit.

Voltaire lui recommanda de se hâter, sans quoi ils auraient un mort de plus.

— C'est la course du lièvre et de la torture, dit Tamaillon en enfilant un manteau qui n'avait pas couvert un mort.

La salle du Palais-Royal était moitié moins illuminée que les jours ordinaires, la bougie coûtait cher. La troupe mettait la dernière main aux *Fêtes de Ramire* devant un public qui avait payé demi-tarif, car la représentation pouvait être interrompue à tout moment par le compositeur, un homme difficile à satisfaire. Les portes n'étaient pas encore ouvertes. Jean-Jacques Rousseau était planté devant une affiche où il avait eu la surprise de ne pas trouver son nom.

— Dame ! dit Voltaire. Pourquoi y serait-il ?

— Mais… C'est moi qui ai raccourci le texte, composé les transitions, l'ouverture…

— Ne vous inquiétez pas ! Rameau a supprimé vos ajouts ! Il a tout refait lui-même !

La seule chose qui fit un peu oublier son dépit au malheureux Genevois fut la vue d'un Voltaire vêtu de bric et de broc, culotte rouge, manteau à l'allemande, gilet à carreaux et tricorne vert pour couronner le tout. C'était Arlequin philosophe.

— Comment avez-vous pu laisser faire ça ? reprocha-t-il à son mentor. Je lis vos œuvres depuis l'enfance !

— Je vous remercie, vous me faites prendre vingt ans en vingt mots.

— J'ai dû accomplir ce travail tout seul ! Sans aucune aide de votre part ! J'ai subi des critiques ! Je me suis épuisé, la nuit, sans espoir de reconnaissance ! Et pour finir on m'évacue !

— Alors vous, le nègre, cessez de m'ennuyer !

Il avait d'autres enquiquineurs à fouetter.

— Et vous vous permettez d'être agressif !

— Je ne suis pas agressif, j'ai un phrasé un peu sec.

Ils entrèrent dans la salle, Tamaillon savait exactement où il désirait s'asseoir.

— Vous paraissez bien connaître la maison, nota Voltaire.

— On m'a confié la surveillance des opéras, dit le policier.

— Depuis quand ?

— Depuis que vous en écrivez.

CHAPITRE VINGT-SIXIÈME

Où Voltaire conclut allegro fortissimo.

Assis au premier rang, Rameau donnait ses instructions à l'orchestre sans bouger de son fauteuil : un froncement de sourcil : « La flûte traversière sera fouettée à l'entracte. » Un sourire : « La prime de fin d'année des cuivres est maintenue. »

À Grenade, la princesse Fatima, fille du sultan déchu Boabdil, était prisonnière du cruel Don Alphonse qui avait envahi le royaume de son père. Elle n'attendait plus que la mort. Seul le fils d'Alphonse, le prince Ramirez, avait le pouvoir d'adoucir sa captivité. Une fête était donnée en l'honneur de la captive. L'Amour lui-même y paraissait, couché sur un lit de roses et de lauriers.

Cette fête était l'occasion d'un défilé de devins et de devineresses, de bohémiens et de bohémiennes, que concluait un astrologue. Au milieu de ces réjouissances, n'y tenant plus, Ramirez déclarait sa flamme à Fatima. Celle-ci lui offrait son cœur et tout finissait en chansons comme ça avait commencé.

Le public vit que la princesse Fatima, en bonne musulmane, dissimulait ses traits sous un voile. Quand elle parut pour le grand duo d'amour du dernier acte, on eut la surprise de constater que la légère pièce de gaze qui masquait le bas de son visage s'était changée en quelque chose d'opaque et de couvrant. Pour bien marquer la pudeur de son personnage, Marie Fel s'était attifée d'une robe noire fermée de partout, elle était prête pour récolter le miel dans les ruches de Belleville. Ses mains étaient gantées façon « Lady Macbeth s'apprêtant à poignarder le roi Duncan et se méfiant des taches indélébiles ». Son chant, en revanche, était très émouvant.

— Ah ! dit Rameau. Elle y met enfin du sentiment !

Sourire. Prime doublée.

On eut même droit à des tours de force, à des pirouettes qui n'étaient pas dans la partition.

— Elle s'est décoincée depuis le premier acte, remarqua Tamaillon.

Son chant éclipsait celui du ténor. Elle teintait ses graves d'une profonde tendresse, tandis que les aigus éclataient comme des plaintes. Elle paraissait réellement éprise de son partenaire. Le ténor en était gêné.

— Brava ! Brava ! cria le public.

La chanteuse ne se fit pas prier pour bisser le duo.

— Quelle cabotine, cette Marie Fel. Jélyotte n'a pas l'air très heureux de passer au second plan.

Il faisait en effet une drôle de tête. Deux ou trois incongruités lui échappèrent. Il chanta « saperlipopette » en *sol* majeur. Son regard tomba sur Voltaire, qu'il avait cru noyé et qui lui fit « coucou » depuis le parterre. Comme il s'étranglait sur son *do* dièse, une femme en chemise, dépoitraillée, les jambes et les pieds nus vint se poster sur le devant de la scène. C'était Marie Fel. « Mais alors, qui chante ? » se demanda tout le monde.

Les amateurs d'art lyrique commencèrent seulement à reconnaître cette voix. On aurait dit Il Piccolino, du temps où il était au sommet de sa gloire.

— Je le ferai chanter à nouveau, dit Rameau, il est excellent.

— Diable de perroquet à foin ! chanta Jélyotte.

Puis l'aria s'en alla tout seul vers des régions inconnues. Le castrat se lança dans des variations qui mettaient en valeur ses possibilités vocales, la ligne musicale se peupla d'ornements, de notes piquées, de sauts à l'octave. On crut entendre le chant du coq, mais aussi l'ensemble du poulailler caquetant et piaillant.

— Ou peut-être pas, dit Rameau, qui n'était pas un compositeur de basse-cour.

— Il m'a enfermée dans ma loge ! brailla Marie Fel.

Il Piccolino ôta sa voilette, arracha sa perruque poudrée et la lança dans la foule, où des dizaines de mains se la disputèrent pour en arracher des mèches.

« Voilà donc ce qu'il faut faire pour être applaudi », se dit Voltaire. Il se promit de forcer sur le pathétique dans sa prochaine tragédie. Puis il secoua Tamaillon. Il fallait agrafer les naufrageurs de philosophes avant qu'ils ne quittent la salle. Rousseau suivit le mouvement.

— Je tiens à vous dire que, malgré nos différends, ces derniers jours ont été pour moi une révélation.

— C'est gentil, répondit Voltaire. Passez devant.

Héloïse Montretout était en train de brutaliser les hautboïstes pour tenter de gagner la sortie à travers la fosse d'orchestre. Sur la scène, Jélyotte était pétrifié. Piccolini signait des programmes. Ils trouvèrent le faux papa Grichon à la buvette. Quant à Espérance Béranger, Voltaire supposa qu'elle était toujours prisonnière de son réduit sur le pont Notre-Dame. On ne devait pas oublier de l'en délivrer, le chanteur avait assez de squelettes dans ses placards.

Il indiqua les coupables à l'inspecteur.

— Arrêtez Fatima et Ramirez ! Vous pouvez laisser Don Alphonse et les chœurs, ils ne sont pas du complot.

— Je vais tâcher de saisir aussi quelques musiciens, dit Tamaillon, ça nous fera de la distraction à la Bastille.

— Voilà ! dit Voltaire. Tous au violon !

Il pointa le doigt sur Jélyotte.

— J'accuse !

— Pardon ? fit le ténor.

— Vous avez tué cet… cette personne ! dit l'écrivain en désignant Piccolini engoncé dans sa robe noire. Vous et vos amis vous êtes entendus pour surprendre ses secrets, votre trahison l'a détruit.

Tamaillon fit observer que le castrat n'avait pas l'air détruit.

— Il est brisé à l'intérieur ! Imaginez-vous quel désastre produit la trahison sur une âme sensible ? Les ravages de la traîtrise ? L'effondrement de l'amitié, de la confiance ? Comment persister à travailler, à exister, à écrire ? Comment publier de beaux traités sans être certain qu'on ne vous jettera pas dans un cachot peuplé de rats ?

On sentit chez lui beaucoup de compassion envers les chanteurs qui n'arrivaient plus à publier. Il Piccolino agita ses mains gantées en direction de Jélyotte dans un geste dramatique.

— Tou m'as touillé !

Tamaillon eut besoin d'un truchement.

— Que dit-il ?

— Qu'on l'a battu à coups de spatule, traduisit Voltaire.

— Violences avec arme ! Coffrez-moi tout ça !

Voltaire lui résuma le complot. Amable Grafouillière, ici présent en chair et en rhum, se faisait passer depuis des jours pour M. Grichon, le papa de Jélyotte.

— Mon pauvre père a fait une crise d'apoplexie, avoua le ténor. Ça a été un drame pour moi.

— Un drame pour votre portefeuille, précisa Voltaire.

C'était le fils né du premier lit qui héritait de tout, la fortune filerait chez les Grichon. Pour éviter cela, les habitants de la maison du pont Notre-Dame avaient mis sur pied un subterfuge. Il s'agissait de remplacer le Grichon pour continuer à toucher ses rentes. Amable Grafouillière s'était grimé en Grichon, et on avait fait enfiler au cadavre les vêtements de l'acteur avant de l'inhumer dans la Seine.

— Ce décès nous avait pris de court, se défendit Jélyotte.

— Pris de court ? répéta Voltaire. Votre père a été empoisonné ! Monsieur l'inspecteur vous le dira aussi bien que moi, je le lui ai fait remarquer dès que j'ai vu le corps sur les berges !

Jélyotte parut tomber des nues.

— Empoisonné ? Mais par qui, grands dieux ?

— Par elle, bien sûr ! dit Voltaire en désignant Héloïse Montretout. Elle avait déjà poussé Mlle Ventajour par la fenêtre !

Jélyotte était abasourdi.

— Tu as tué Julie ?

Comme la claveciniste n'ouvrait pas la bouche, Voltaire se chargea d'éclairer le chanteur.

— Ces deux meurtres ont changé sa vie. Elle a éliminé une concurrente, elle a sauvé votre fortune, elle a obtenu une promesse de mariage.

— Mais mon père ? Pourquoi mon père ?

— Je ne l'ai pas tué ! clama Héloïse. Je n'ai tué personne ! Ne le crois pas !

— Réfléchissez un instant. Pourquoi vous êtes-vous fiancé à Mlle Montretout, au lieu de profiter d'elle comme à votre habitude ?

— Parce que… Parce que…

La réponse n'arrivait pas à franchir ses lèvres.

— Parce qu'elle connaissait votre secret, la mort de votre père, et qu'elle vous avait fourni le moyen de cacher ce décès en vous présentant Grafouillière ! Elle vous tenait ! Vous vous êtes fait manipuler !

— Oh ! fit Tamaillon. C'est vrai, mademoiselle ?

— Je ne l'ai pas tué ! clama à nouveau Héloïse Montretout. Ne les crois pas ! Ils ne font que mentir ! Je t'aime si fort ! Je voulais tellement que tu ne sois qu'à moi ! Il y avait tant d'obstacles entre nous ! Je n'ai tué personne ! Ce sont des accidents ! Des accidents !

Tamaillon considéra la meurtrière au beau visage.

— On ne sait sur quel pied danser, avec elle.

— Oui, dit Rousseau, elle est mi-chair mi-poison.

Voltaire examinait la physionomie du faux Grichon.

— Vous êtes très fort pour remplacer les gens, dites-moi. Essayez un peu ma perruque à marteaux, pour voir.

Il aurait aimé déléguer quelqu'un en certaines occasions ; à la Bastille, par exemple.

Une fois papa Grichon ressuscité, il avait fallu éloigner Piccolini, qui le connaissait trop bien pour s'y tromper. Voilà pourquoi Jélyotte avait exigé de Jean-François Berger qu'il lui refuse tout engagement à l'Opéra. Ce n'était pas par méchanceté ou par ingratitude. Piccolini avait sombré dans le désespoir jusqu'à étrangler la personne qu'il jugeait coupable de sa disgrâce : Berger, le directeur de l'Académie de musique.

Tamaillon arrêta Héloïse Montretout pour l'empoisonnement de Grichon et pour la noyade de Julie Ventajour ; Piccolini pour la strangulation du directeur ; Grafouillière pour usurpation d'identité ; Jélyotte pour captation d'héritage. Le quatuor prit le chemin de For-l'Évêque, la geôle du quai de la Mégisserie.

Pour une fois, Voltaire dut admettre que tout était pour le mieux dans le meilleur des mondes possibles, un résultat qui demandait tout de même bien du travail.

Quant à Rousseau, son opinion était faite : il était né naturellement bon, c'était Voltaire qui s'acharnait à le corrompre. Certains auteurs gagnaient à être admirés de loin. Il avait l'intention d'écrire un discours sur le fondement de l'inégalité des écrivains. Il venait d'ailleurs d'identifier ce fondement : il portait une culotte de soie.

Le pauvre Jean-Jacques avait vu son travail déprécié par Rameau sans que Voltaire dise un mot pour le défendre. Il ne subsistait rien des nuits blanches passées à rapetasser cet opéra.

— Bah ! Vous trouverez bien d'autres choses à écrire ! dit Voltaire. Vous n'allez pas fonder votre carrière sur moi, tout de même ! Nous avons toutes les raisons de nous entendre.

— Oui, dit Rousseau en s'en allant. Ça ne pouvait pas coller.

Avant de franchir la porte, il se retourna.

— Vous voyez, monsieur Voltaire : la réussite, c'est quand on n'a plus besoin de philosopher pour être apprécié. Jusque-là, on n'est toujours qu'un larbin qui fait des pirouettes !

— Je crois que vous vous êtes fait un ennemi, dit Tamaillon.

— Mais non. La réussite des autres nous renvoie toujours un peu à nos échecs. Et puis qu'importe ! Qui entendra jamais parler de ce Jean-Jacques ? Un Suisse de Genève ! Quel penseur sérieux aurait l'idée de s'installer par là ?

CHAPITRE VINGT-SEPTIÈME

Où Voltaire songe à aller cultiver son jardin en Prusse.

Émilie du Châtelet tapait le carton à l'auberge. Il y avait toujours une partie en cours : les voyageurs en partance étaient remplacés par ceux qui arrivaient. On misait de l'argent, par exemple au cavagnole, un jeu qu'elle adorait. Comme Voltaire insistait pour lui parler, elle se fâcha.

— Écoutez, mon bon ami, je ne peux pas vivre sans vous, alors faites en sorte que je puisse continuer de vivre avec vous!

Ils étaient tirés d'affaire, son éventail était remisé au placard des affaires classées.

— Ah, enfin ! Je suis soulagée !

Elle se leva pour monter boucler ses malles.

— Soulagée d'être innocente ?

— Non, soulagée de pouvoir quitter cet endroit.

Elle le pria de payer ses partenaires de jeu, ils lui avaient gagné cinq louis.

Le directeur Berger avait été tué au château de Versailles, aussi rien ne transpira jamais dans la presse, ni dans la rumeur publique, moins encore dans les institutions judiciaires. Aucun crime ne pouvait advenir si près du roi, c'était impensable, donc cela n'existait pas. Le premier affolement passé, la Cour avait livré la seule version des faits acceptable : Jean-François Berger avait succombé à une apoplexie alors qu'il dormait dans son lit. Son corps ne fit qu'un détour par chez lui sur le chemin du cimetière. La consigne de la police était : « Vous n'avez rien vu au château de Versailles. » La délinquance aux mains propres ne dérangeait pas la société : elle ne laissait pas de traces.

Si la justice royale conserva sous clé l'empoisonneuse Montretout et l'étrangleur Piccolini, elle libéra très vite Pierre de Jélyotte afin qu'il continue d'enchanter les duchesses. Il ne fallait pas frustrer les Parisiens de leurs distractions, ni décourager Voltaire de cette nouvelle carrière de librettiste qui produisait tant de chefs-d'œuvre : il aurait risqué de retourner à la philosophie qui fâche.

Pour les autres, le donjon fut la rançon du crime.

— Quand ils se sentent coincés, dit Voltaire, certains croient voir dans le meurtre une porte de sortie. C'est un leurre : elle donne sur un mur.

Il se croyait sur le point de récolter les fruits de ses efforts quand mourut Mme Poisson, mère de Mme de Pompadour. La favorite eut alors autre chose en tête que de pousser la carrière des philosophes. Ce fut le premier vrai crime que Voltaire vit dans cette histoire.

Jean-Jacques Rousseau persista dans la composition et publia une *Lettre sur la musique française*. Les musiciens de l'Opéra la brûlèrent dans la cour de l'Académie de musique en même temps qu'un portrait de l'auteur. Voltaire s'enthousiasma pour cet acte d'une violente modernité. Quelle chance pour Rousseau ! Sans ce scandale, son livre serait passé totalement inaperçu ! Il avait enfin compris le sens de la réclame ! C'était de la promotion à coups de briquet !

— Il n'est pas si mal, finalement, ce petit : il est presque aussi brûlé que moi !

Il voulut voir là le début d'une longue amitié. Ils passeraient à la postérité comme « l'aimable Voltaire et son fidèle Rousseau ». Voilà ce que les générations futures retiendraient d'eux.

La criminalisation du suicide avait facilité les assassinats du pont Notre-Dame. Voltaire jugea que la police ne devait plus classer des meurtres en noyades pour éviter de faire sanctionner les désespérés. Il écrivit un libelle pour exiger la dépénalisation : tolérance pour les suicidés !

Tamaillon lui fit savoir qu'on le graciait d'avance et lui envoya un couteau. Tous ces gens chez qui la haine prenait la place laissée libre par l'intelligence !

— Allez ! À Berlin ! dit Voltaire en prenant la plume pour répondre à l'invitation du roi de Prusse. Dès que nous sommes d'accord sur mes émoluments, je pars !

Émilie doubla les gages de la servante qui portait le courrier à la poste.

Pour en savoir plus : Voltaire, Rameau et Rousseau à l'Opéra

Vous savez bien, très adorable président, que vous avez tiré Mme du Châtelet du plus grand embarras du monde ; car cet embarras commençait à la Croix-des-Petits-Champs et finissait à l'hôtel de Charost ; c'était des reculades de deux mille carrosses en trois files, des cris de deux ou trois cent mille hommes semés auprès des carrosses, des ivrognes, des combats à coups de poing, des fontaines de vin et de suif qui coulaient sur le monde, le guet à cheval qui augmentait l'imbroglio ; et, pour comble d'agrément, Son Altesse Royale revenait paisiblement au Palais-Royal avec ses grands carrosses, ses gardes, ses pages, et tout cela ne pouvant ni reculer, ni avancer, jusqu'à trois heures du matin. J'étais avec Mme du Châtelet ; un cocher, qui n'était jamais venu à Paris, l'allait faire rouer intrépidement.

Mélodie pour un tueur

Elle était couverte de diamants, elle met pied à terre, criant à l'aide, traverse la foule sans être volée ni bourrée, entre chez vous, envoie chercher la poularde chez le rôtisseur du coin, et nous buvons à votre santé tout doucement dans cette maison où tout le monde voudrait vous voir revenir.

Voltaire, lettre au président Hénault

L'hiver qui suivit la bataille de Fontenoy, il y eut beaucoup de fêtes à Versailles, entre autres plusieurs opéras au théâtre des Petites-Écuries. De ce nombre fut le drame de Voltaire intitulé *La Princesse de Navarre*, dont Rameau avait fait la musique, et qui venait d'être changé et réformé sous le nom des *Fêtes de Ramire*. Ce nouveau sujet demandait plusieurs changements, tant dans les vers que dans la musique. Il s'agissait de trouver quelqu'un qui pût remplir ce double objet ; Voltaire et Rameau, tous deux occupés à leur opéra du *Temple de la Gloire*, ne pouvant donner des soins à celui-là. M. de Richelieu pensa à moi, me fit proposer de m'en charger, et pour que je pusse examiner mieux ce qu'il y avait à faire, il m'envoya séparément le poème et la musique. Avant toute chose, je ne voulus toucher aux paroles que de l'aveu de l'auteur ; je lui écrivis à ce sujet une lettre très honnête, et même respectueuse, comme il convenait. Voici sa réponse.

Vous réunissez, monsieur, deux talents qui ont toujours été séparés jusqu'à présent. Voilà déjà deux bonnes raisons pour moi de vous estimer et de chercher à vous aimer. Je suis fâché pour vous que vous employiez ces deux talents à un ouvrage qui n'en est pas trop digne. Il y a quelques mois que M. le duc de Richelieu m'ordonna absolument de faire en un clin d'œil une petite et mauvaise esquisse de quelques scènes insipides et tronquées, qui devaient s'ajouter à des divertissements qui ne sont point faits pour elles. J'obéis avec la plus grande exactitude ; je fis très vite et très mal. J'envoyai ce misérable croquis à M. le duc de Richelieu, comptant qu'il ne servirait pas, ou que je le corrigerais. Heureusement il est entre vos mains, vous en êtes le maître absolu ; j'ai perdu entièrement tout cela de vue. Je ne doute pas que vous n'ayez rectifié toutes les fautes échappées nécessairement dans une composition si rapide d'une simple esquisse, que vous n'ayez suppléé à tout.

Je sais très bien que tout cela est fort misérable, et qu'il est au-dessous d'un être pensant de faire une affaire sérieuse de ces bagatelles ; mais enfin, puisqu'il s'agit de déplaire le moins qu'on pourra, il faut mettre le plus de raison qu'on peut, même dans un mauvais divertissement d'opéra.

Qu'on ne soit pas surpris de la grande politesse de cette lettre comparée aux autres lettres demi-cavalières qu'il m'a écrites depuis ce temps-là. Il me crut en grande faveur auprès de M. de Richelieu, et la souplesse courtisane qu'on lui connaît l'obligeait à beaucoup d'égards pour un nouveau venu, jusqu'à ce qu'il connût mieux la mesure de son crédit.

Autorisé par M. de Voltaire et dispensé de tous égards pour Rameau, qui ne cherchait qu'à me nuire, je me mis au travail, et en deux mois ma besogne fut faite. Elle se borna, quant aux vers, à très peu de chose. Mon travail en musique fut plus pénible. Pour que Rameau ne m'accusât pas d'avoir défiguré ses airs, je n'en voulus changer ni transposer aucun. L'idée des deux hommes supérieurs auxquels on daignait m'associer m'avait élevé le génie.

La pièce, dans l'état où je l'avais mise, fut répétée au grand théâtre de l'Opéra. Des trois auteurs, je m'y trouvai seul. Voltaire était absent et Rameau n'y vint pas, ou se cacha. Il me fut signifié qu'il y avait à refaire à mon travail plusieurs choses sur lesquelles il fallait consulter M. Rameau. Navré d'une conclusion pareille au lieu des éloges que j'attendais, je rentrai chez moi la mort dans le cœur. J'y tombai malade, épuisé de fatigue, dévoré de chagrin, et de six semaines je ne fus en état de sortir.

Rameau prit des mesures pour qu'on ne sût pas même que j'y avais travaillé. Sur les livres qu'on distribue aux spectateurs, où les auteurs sont toujours nommés, Rameau aima mieux que son nom fût supprimé que d'y voir associer le mien.

Jean-Jacques Rousseau, *Les Confessions*

« Il y a quelques semaines, j'ai eu mon petit succès, lors du banquet final d'un colloque consacré à Rameau qui se tenait à Oxford, en faisant chanter à l'ensemble des participants le célèbre canon *Frère Jacques*. L'auteur des *Indes galantes* et de *Platée* est aussi celui de cette petite chanson ! Au terme d'une véritable enquête policière avec son lot d'indices qui se sont recoupés jusqu'à devenir des preuves, je peux affirmer que Rameau est bien l'auteur de *Frère Jacques*. On croit souvent que cette mélodie populaire remonte à la nuit des temps. Mais, en réalité, sa première publication ne date que de 1811, dans *La Clé des chansonniers de la Société du Caveau*. Fondée en 1720, cette société « bachique et chantante » accueillit de nombreux artistes et intellectuels du temps, dont Jean-Philippe Rameau et les librettistes de ses opéras. »

Sylvie Bouissou a repéré à la Bibliothèque nationale un manuscrit comportant quatre-vingt-six canons attribués à Rameau, dont *Frère Jacques*. Ce manuscrit appartenait à Jacques Joseph Marie Decroix, avocat mélomane contemporain de Rameau qui a collecté nombre de ses manuscrits, partitions et livrets. « Et l'on sait, en outre, que Rameau écrivit un *Traité de composition des canons* avec beaucoup d'exemples musicaux, hélas perdu. »

Il existe aussi un volume de Francœur, violoniste à l'Opéra de Paris dans les années où Rameau y était actif. « J'ai trouvé, toujours à la Bibliothèque nationale, un exemplaire de son *Diapason général de tous les instruments*, rédigé en 1772, qu'il avait annoté. Entre les pages, je suis tombée sur dix-huit feuillets manuscrits où il cite "Quatre canons de Monsieur Rameau". Et, parmi eux, à nouveau *Frère Jacques.* »

« Et savez-vous que les paroles de l'original ne sont pas tout à fait celles que nous connaissons ? Voici les mots sur lesquels Rameau a écrit. Ils donnent d'ailleurs une tonalité plus énergique et plus rythmée à la chanson, comme notre petite prestation d'Oxford l'a récemment montré :

Frère Jacques, Frère Jacques,
Levez-vous ! Levez-vous !
Sonnez les matines, Sonnez les matines,
Bing, Bong, Bong ! »

Compilation d'entretiens avec Sylvie Bouissou

Nous n'en finirions pas si nous nous mettions à raconter les traits d'indécence, les orgies de toute sorte des sirènes de l'Opéra. Le scandale était si grand que l'administration du théâtre fut plus d'une fois obligée d'avoir recours à des peines disciplinaires. Ainsi, Mlle Pelissier fut congédiée en 1734 pour des raisons qui ne peuvent s'écrire. Il en fut de même pour Mlle Petit, surprise dans le dessous du théâtre en costume de « Vénus sortant de l'onde », écoutant les douceurs que lui contait le marquis de Rounac. Un directeur de l'Opéra, Gruer, fut renvoyé à cause de ses orgies. Fin gastronome, il avait fait apporter sur un plat immense, dans un de ses festins, un poisson de son invention : du milieu d'une touffe de persil artistement disposée sortit tout à coup une charmante beauté en costume de naïade.

On comprend combien l'avantage de pouvoir figurer à l'Opéra devait être ambitionné par un grand nombre de postulantes : l'emploi conduisait aux honneurs et à la richesse. Le directeur Monnet songea à tirer parti des demandes qui l'assiégeaient, il fit payer une redevance aux demoiselles qui aspiraient à être figurantes. C'est à cette époque que l'on vit de malheureuses jeunes filles arrachées à leurs parents et reléguées à l'Opéra comme dans un cloître d'un nouveau genre. Il suffisait de les faire inscrire sur les contrôles du théâtre pour les soustraire aux réclamations de leurs familles. L'Opéra était un asile inviolable comme autrefois le temple de Vesta, avec cette différence qu'ici la virginité n'était pas de rigueur. Les lettres de cachet donnaient des acteurs ou des danseuses à l'Académie de musique de la même façon qu'elles fournissaient des captifs à la Bastille.

Malgré la modicité relative des prix, c'était encore le théâtre le plus cher : à la Comédie-Française, ils étaient moindres de moitié. Quand le roi venait en cérémonie, les prix étaient quadruplés. Il était de bon ton, pour les plus grands seigneurs, de paraître au spectacle de l'Opéra le plus souvent possible, soit en *loge d'apparat* (en grande cérémonie), soit en *petite loge* (en tenue de bonne fortune). Les loges étaient décorées avec le plus grand luxe ; dans celle du duc de Richelieu, le *roué* célèbre, il y avait un lit ! L'Opéra jouait quatre fois par semaine. Le rideau se levait à cinq heures et demie. Comme le spectacle finissait d'assez bonne heure, on avait encore le temps d'aller souper en compagnie pour finir sa soirée.

Lucien Dubech, *Histoire du théâtre*

REPÈRES BIOGRAPHIQUES

1694 : Naissance de François-Marie Arouet à Paris.
1704 : François-Marie perd sa mère. Il entre chez les Jésuites de Louis-le-Grand. Ninon de Lenclos lui lègue mille francs pour acheter des livres.
1706 : Naissance d'Émilie Le Tonnelier de Breteuil.
1717 : Premier séjour à la Bastille.
1718 : Succès d'*Œdipe* au théâtre.
1719 : François-Marie Arouet prend le nom de Voltaire.
1721 : Il tire profit de la débâcle du système de Law.
1722 : Mort de M. Arouet père.
1726 : Voltaire est bastonné sur ordre du chevalier de Rohan. Second séjour à la Bastille. Exil en Angleterre.
1731 : La police saisit l'*Histoire de Charles XII*. Voltaire s'installe chez Mme de Fontaine-Martel.

1732 : Succès triomphal de sa tragédie *Zaïre*.
1733 : Mort de Mme de Fontaine-Martel. Début de la liaison avec Émilie du Châtelet. Publication à Londres des *Lettres philosophiques*.
1734 : Condamnation des *Lettres philosophiques* au pilori et au feu. Fuite en Lorraine chez les du Châtelet.
1738 : Expériences scientifiques avec Émilie.
1745 : Séjour à Versailles grâce à la marquise de Pompadour. Voltaire est nommé historiographe de Louis XV.
1746 : Élection et réception à l'Académie. Voltaire est nommé gentilhomme ordinaire de la Chambre du roi.
1747 : Rédaction de *Zadig*. Difficultés à la Cour. Incident chez la reine. Voltaire se cache dans un grenier.
1748 : Séjour à Nancy, chez le roi Stanislas. Voltaire surprend Émilie dans les bras de Saint-Lambert.
1749 : Émilie meurt en couches.
1750 : Installation à Berlin comme chambellan de Frédéric II. Voltaire ne reviendra plus à Paris pendant vingt-huit ans.
1753 : Voltaire se brouille avec Frédéric II et fuit Berlin. Arrestation d'un mois à Francfort. Louis XV lui interdit Paris.

1754 : Séjour à Genève.
1755 : Installation aux *Délices*, près de la frontière suisse.
1758 : Achat de Ferney et de Tournay au président de Brosses. Procès avec le libraire Grasset.
1759 : Publication de *Candide*.
1760 : Rupture avec Jean-Jacques Rousseau.
1762 : Début de l'affaire Calas.
1765 : Réhabilitation de Calas.
1766 : Exécution du chevalier de La Barre. Tentative pour faire réhabiliter le comte de Lally-Tollendal.
1778 : Retour triomphal à Paris. Voltaire est reçu à la loge des Neuf Sœurs. Il décède chez le marquis de Villette. Mort de Rousseau trois jours plus tard. Enterrement clandestin de Voltaire dans l'abbaye de Sellières à cinq heures du matin.

Imprimé en France par
CPI BUSSIÈRE (18200 Saint-Amand-Montrond)
en octobre 2020

pour le compte des Éditions J.-C. LATTÈS
17, rue jacob – 75006 Paris

N° d'édition : 01. – N° d'impression : 2053775
Dépôt légal : novembre 2020